# 내가 좋아하는 것들, 쓰기

# 내가 좋아하는 것들, 쓰기

김재용 지음

010

스토리닷

쉰 살에 글쓰기를 배웠는데 망망대해에서 등대를 만난 기분이었다.

**17쪽**

내 감정을 일기에 풀고 나면 '그럼 어떻게 살아야 되지?'라는 물음이 나왔다.

37쪽

글을 쓰는 과정에서 오롯이 '나'가 보였다.
**45쪽**

글쓰기는 연하늘색 작은 들꽃이 꽃마리라는 걸 알게 했다.

50쪽

우리는 저마다의 바다를, 나만의 아름다운 이야기를 갖고 있다.

63쪽

글 쓰는 행위가 마치 어릴 적 마당에서 땅따먹기, 사방치기, 숨바꼭질하며 노는 듯했다.

74쪽

30분짜리 모래시계를 거꾸로 세우고 자판을 튕기듯 써나갔다.

88쪽

나에게 글쓰기가 없었다면 이렇게 행복할 수 있었을까?

169쪽

# 차례

## 프롤로그



## 1장 인생 리셋을 위해 글을 쓰다

엄마도 아내도 아닌 '나'로 살기 위한 준비

## 2장　글쓰기와 행복하게 고군분투하다

제대로 된 글쓰기를 위해 필요한 것들

## 3장 글쓰기로 삶이 특별해졌다

자존감이 바닥을 칠 때마다 일으켜 세워준 글쓰기



**에필로그**

## 프롤로그

# 글을 쓴 이후 인생이 다정해졌다

"달그락, 달각, 달각."

아래층 주방에서 남편이 아침밥 차리는 소리가 들린다. 눈을 게슴츠레 떠보니 격자무늬 들창으로 망고 속살 같은 주방 불빛이 환하다. 안방 발코니 창에는 흰색 리넨 커튼 사이로 아침 햇살이 투명하게 비치고, 참새 지저귀는 소리가 배경 음악처럼 들린다. 곧 "밥 먹자. 얼른 내려와!" 하며 나를 부르는 남편 목소리가 올라올 것이다. 난 보송한 구스 이불 깃을 머리 위까지 끌어올리며 나에게 속삭인다.

"아, 행복해!"

내가 살고 싶었던 제주에서 아침밥 차려주는 남편과 오늘은 동네 산책을 할까, 글을 쓸까 아니면 오름을 갈까 궁리하며 살고 있다니! 글쓰기가 아니었다면 이런 날이 왔을까 싶다.

난 젊었을 때부터 유난히 내게 관심이 많았다. 신이 나를 세상에 보낸 이유가 분명 있을 텐데 그게 뭔지 궁금해서였다. 그 답을 찾으러 많은 것을 배우러 다녔다. 결혼 전에는 꽃꽂이를 배웠고, 결혼해서는 서예부터 시작해 바리스타, 캘리그래피 등 10가지가 훌쩍 넘는 걸 배우고 인테리어와 여행 작가학교에 다녔다. 그러다 쉰 살에 글쓰기를 배웠는데 망망대해에서 등대를 만난 기분이었다. 절망과

체념, 희망 사이에서 만난 작은 불빛이었다.

글쓰기라는 희미한 빛을 따라가다 보니 4년 만에 《엄마의 주례사》라는 첫 책을 냈다. 출간한 지 한 달도 안 돼 3천 부가 팔리고 TV, 라디오 출연은 물론 강연 요청도 들어왔다. 쉰 중반의 평범한 주부가 어떻게 책을 내게 되었는지 궁금한 모양이었다. 내가 필요한 곳이면 어디든 가서 경험을 들려주다 보니 글쓰기를 배우고 싶다는 독자도 생겨 글쓰기 수업도 하게 되었다.

글쓰기 수업을 하던 3년 전, 스토리닷 출판사 대표님이 쓰기 책을 내보자고 했다. 내가 감히 어떻게 쓰기 책을 내지? 그럴만한 깜냥이 안된다는 생각에 그냥 웃어넘겼다. 그런데 올해 초 전 YTN 앵커였던 김여진 씨가 진행하는 '자기 전 낭독회'라는 라이브 방송에 출연하게 되었다. 《오드리 헵번이 하는 말》을 소개하는 자리였다. 앵커가 물었다.

"작가님! 올해엔 어떤 글을 쓰실 생각인가요?"

"어느 출판사에서 쓰기 책을 내보자고 했는데, 아마 쓰게 될 것 같아요."

아뿔싸! 아마 내 무의식 속에 출판사 제안에 확답을 주지 못한 게 부담이 된 데다 이제는 써도 되지 않을까, 하는 마음이 있었던 것 같다. 어쩌면 글을 쓴 지 10여 년이 지났고, 글쓰기 수업을 한 지도 몇 년 되고 보니 내 이야기를 들려주고 싶은 마음이 있었는지도 모른다.

그날 이후부터 고민이 많았다. 글쓰기 책이 범람하는 이때, 나만이 쓸 수 있는 건 무엇일까? 나무를 베어서 책을 만들 만큼 가치 있는 게 뭘까? 글쓰기를 통해 삶이 달라진 걸 보여주자는 결론을 내렸다. 글쓰기 책은 많아도 글쓰기로 삶이 달라진 걸 보여주는 책은 별로 많지 않다는 생각에서였다.

이 책은 글을 쓰면 삶이 어떻게 특별해지는지 그 마음에 관한 이야기다. 쉰 이후에 작가의 꿈을 찾고 그 꿈을 이루기 위해 고군분투한 기록이기도 하다. 글쓰기 전에는 나를 외면하며 등 돌렸던 것들이 글을 쓴 이후부터 삶이 다정해진 이야기를 다루었다. 작가가 되고 싶은 사람, 쓰기를 통해 삶을 더 풍요롭게 만들고 싶은 사람에게 도움이 될 것이다. 잔잔한 호수에 던져진 돌멩이 하나가 동심원을 그리듯 이 책이 좋은 파동을 일으켰으면 좋겠다. 부디 그럴 수 있기를…….

# 1장

## 인생 리셋을 위해 글을 쓰다

엄마도 아내도 아닌 '나'로 살기 위한 준비들

## 쉰 살, 혼자 떠난 여행

'쉰 살에 혼자 산티아고 가기.'

마흔 즈음에 쓴 나의 버킷 리스트 중 첫 번째였다. 아주 멀게 느껴졌던 쉰 살은 생각보다 빨리 왔다. 버킷 리스트에 썼던 대로 산티아고에 여행을 가려고 하니 자신이 없었다. 언어는 물론 체력도 안 되는 데다 혼자 여행을 가본 적이 없어서였다. 게다가 우리나라도 아닌 산티아고를 혼자 간다는 건 생각만으로도 고개가 저어졌다. 밤에 혼자 어떻게 보낼지, 무슨 일이라도 생기면 어떻게 해결할지 두려웠다. 버킷 리스트에 적을 때의 마음과 현실은 전혀 다른 거였다. 고민 끝에 산티아고 대신 제주 올레길로 방향을 틀었다. 서명숙 이사장의 《제주 올레 여행》이라는 책을 읽고 나서였다.

제주 공항에 혼자 내리니 여러 번 와본 곳이었지만 처음 보는 것처럼 낯설었다. 동남아 어느 나라에 온 듯해서 여권이라도 보이고 나가야 할 것 같았다. 제주 동쪽 올레길 1코스에 있는 숙소로 가기 위해 택시를 탔는데 왠지 영어로 말해야 할 것 같은 착각이 들기도 했다. 육지는 겨울인데 2월의 제주는 봄기운이 완연해서 차창을 열었는데도 추운 기운이 느껴지지 않았다. 바람도, 햇빛도, 공기도 모두 우리나라가 아닌 것만 같았다.

올레길을 혼자 걷다 보니 무밭, 당근밭, 밭담, 솔숲, 산새들이 조곤조곤 말을 걸어오는 듯했다. 나는 팬들에게 손 흔들어 답하는 여배우처럼 일일이 눈 맞춤을 하며 "얘들아, 안녕! 안녕!"하며 걸었다. 수줍은 듯 피어있는 연보랏빛 제비꽃을 따 책갈피에 꽂거나 무릎을 꿇고 사진도 찍었다. 혼자 하는 여행에 움츠러들었던 마음이 봄 햇살에 조금씩 펴지는 것 같았다. 올레길의 자연 속에서 자유와 평화로움을 마음껏 맛보았다. 온종일 걷고 게스트하우스에 들어와 방 한쪽에 놓인 앉은뱅이책상에서 남편에게 편지를 썼다.

"제주의 첫날밤, 승냥이 울음소리 같은 밤바람 소리를 듣고 있어. 혼자 오면 무서울 줄 알았는데 무섭지 않네. 오히려 뭔가 꽉 채워지는 느낌이야. 익숙한 나와 낯선 나, 두 사람을 만나는 기분이기도 하고……."

편지를 다 쓰고 소리 내서 읽어봤다. 낯선 곳에서 오로지 혼자, 그것도 밤에 쓴 편지여서였을까? 오, 잘 썼는데! 하는 감탄사가 나도 모르게 나왔다. 순간, 어렸을 때 내 꿈이 작가였다는 게 떠올랐다. 작가의 꿈. 꿈의 씨앗이 말라

죽지 않고 살아 있었다니! 나는 버렸다고 생각했는데 꿈은 버려지지 않고 멀쩡하게 살아 있었다. 조지 오웰은 대여섯 살 때부터 커서 작가가 되리란 걸 알고 있었다는데 난 쉰 살에 꿈을 다시 찾은 것이었다. 아, 그렇다면 난 지금까지 버린 것과 버려지지 않은 꿈 사이에서 그토록 힘들었던 거였나? 난 어쩌면 작가의 꿈을 버리지 못했기에 '결혼한 여자'와 '나'라는 두 세계에서 어느 쪽에도 속하지 못하고 부초처럼 흐느적거리며 산 건지도 몰랐다.

내게 남아 있는 가능성이 무엇인지 몰라 방황하던 가슴이 뛰기 시작했다. 이제 수십 년 동안 품어온 꿈을 위해 한 번 살아 보자, 쉰 살이 되었으니 지금까지와는 다른 삶을 살고 싶다는 마음이 간절해졌다. 딸과 아들도 이제 성인이 되었고, 시집살이도 끝냈으므로 역할에 충실하던 시간을 온전한 나를 위해 쓰고 싶었다. 그래야 인생 후반기가 충만할 거였다. 종일 올레길을 걷다가 가슴을 묵직하게 누르고 있던 고민 한 가지를 털어버렸다. '카페를 접자.'

난 그때 방송국 안에 있는 카페를 운영하고 있었다. 고혈압이 있는 줄도 모르고 무리하다 멈추지 않는 코피를 한 바가지나 흘리고 아들의 부축을 받으며 응급실에 실려 갔다. 너무 놀라 백지장처럼 변한 아들의 얼굴을 침대에 누워 바라보고 있자니 난 무엇을 위해 이렇게 숨 가쁘게 달리고 있나 싶었다. 내가 진정으로 원하는 삶이 무엇인지 여행을 떠나 생각해보기로 했는데 그 답을 제주에서 찾은 것이었다. 통장 잔액도 쑥쑥 올라가는 시점에 느닷없이 카페를 접겠다니, 나 자신도 깜짝 놀랐다. 현실에서는 보이지 않던 것이 낯선 곳에 오자 분명하게 보였다. 몸을 회복하고 글을 써보자. 그날 밤은 온종일 뛰어놀다 잠든 개구쟁이처럼 깊은 잠을 잤다. 아침에 눈을 뜨니 세상이 달라 보였다. 한껏 부푼 마음으로 집에 왔지만, 부정적인 생각들이 불쑥불쑥 나와서 나를 괴롭혔다. '지금 글 써서 뭐 하려고? 그냥 하던 일이나 해!' '투자한 돈이 얼만데 그 손해를 다 감수하면서 글을 쓰겠다고?' '작가가 되기에는 너무 늦었어. 지금 네 나이가 쉰이야.'

작가의 꿈을 언제 다시 찾았냐는 듯 현실적인 내가 된 어느 날 아침, 오랜만에 베란다로 나가 봤다. 한쪽 구석에 있던 군자란 화분에 커다란 주황색 꽃이 횃불처럼 피어있었다. 시어머님이 생전에 애지중지하시던 화분이었다. 바쁜 주인이 돌보지 않아도 꿋꿋이 자신의 존재감을 붉게 밝히고 있었다. 마치 돌아가신 어머님이 살아오신 것 같았다. 왈칵 그리운 마음이 들어 군자란꽃 화분 앞에 주저앉아 편지를 썼다.

"어머니! 그곳에서는 아프지 않으신가요? 군자란꽃이 활짝 피었습니다. 어머님이 안 계셔도 봄은 오고 꽃은 핍니다."

보내지 못할 편지를 쓰고 났더니 마중물이 되어 지금까지 살아온 이야기를 글로 정리해보자는 생각이 들었다. 식탁에 노트북을 갖다 놓고 잠깐씩 글을 써나갔다. 오래전에 잊고 지냈던 일들, 밖에 신경 쓰느라 돌보지 않았던 마음들이 봄날의 새싹처럼 올라왔다. 치치푸푸, 압력솥이 밥하는 소리와 보글보글 찌개 끓는 소리를 들으며 한 자 한 자 써나갔다. 숭숭 뚫린 것 같은 마음속 구멍이 하나씩 메워지는 듯했다. 어쩌면 작가의 꿈을 이룰 수 있겠다는 예감이 들었다. 쉰 살에 혼자 떠난 여행이 내 삶의 전환점이 되었다. 사람은 혼자 여행할 때 비로소 자신의 진짜 모습을 만나는 것일까?

## 글쓰기와 운명적으로 조우하다

"이 문장만 고치면 좋겠다. 넌 앞으로 글을 써라."

고등학교 1학년 때 총각 국어 선생님이 하신 말씀이었다. 선생님이 좋아서 수시로 글을 써서 보여드렸는데 이런 말을 듣게 되자 금방 작가가 된 것처럼 으쓱해졌다. 선생님을 좋아하는 수많은 경쟁자를 제치고 내가 독차지했다는 것에 한껏 고무되어 작가가 되기로 마음먹었다. 선생님은 부임해 오실 때부터 학생들에게 인기가 많았다. 미루나무처럼 훤칠한 키, 석고처럼 하얗고 매끈한 피부, 약간 곱실곱실한 머리……. BTS의 정국을 닮은 분이었다. 게다가 전직 아나운서였고 총각이었다. 검은색 정장 안에 늘 코발트블루색 셔츠를 입어서 어찌나 신비롭던지 난 선생님의 매력에 푹 빠졌다. 다른 선생님들이 무채색 점퍼에 면티, 다리지 않은 후줄근한 바지를 입은 것과는 품격이 달랐다.

특히 국어 수업 시간이면 내 가슴은 요동쳤다. 선생님이 아나운서 목소리로 교과서에 실린 시를 행간에 맞춰 읊을 때, 이마 덮은 앞머리를 손으로 쓰윽 빗어 넘길 때면 설레다 못해 쓸쓸해지기도 했다. 르누아르와 모네의 그림에서 코발트블루색을 봤을 때조차 선생님이 생각나서 가슴이 울렁거렸다. 난 선생님을 좋아하고 있다는 걸 어떻게든 표현하고 싶었다. 며칠 고민하다 선생님 책상에 꽃을 꽂아

드리기로 했다. 마침 집 근처 기찻길 옆에는 들국화, 도라지꽃, 마타리꽃이 만발해 있었다. 하굣길에 단편 소설 '소나기'에서 소년이 소녀에게 건넸던 마타리꽃만 골라서 미리 꺾어 놓았다.

다음날 경비 아저씨가 교문을 여는 시간을 알아내 제일 먼저 등교했다. 처음 밟아본 새벽 운동장은 깊은 물 속처럼 고요했다. 난 고양이처럼 교무실에 숨어 들어가 선생님 책상에 마타리꽃이 담긴 화병을 두고 나왔다. 들꽃을 보면서 미소 지을 선생님을 생각하니 남자 친구라도 생긴 듯이 설렜다. 며칠 지나지 않아 전교에 소문이 쫙 퍼졌다. 선생님을 짝사랑하는 애가 꽃을 갖다 놓은 거라며 소위 '노는 애'로 분류된 몇 명이 범인 색출에 나섰다. 얼굴이 예뻐서 선생님들의 사랑을 독차지하던 경화가 지목되었다. 경화는 그날부터 친구들에게 왕따를 당했고, 난 시치미를 뗐다. 꽃을 가져다 놓는 일을 더는 할 수 없었다.

총각 선생님의 관심 받기 작전에 실패한 내게 좋은 기회가 왔다. 시에서 주최하는 백일장에 참가하게 된 것이었다. 어떻게든 입상을 해서 선생님의 관심을 받고 싶었다. 백일장 주제는 '가로수'와 '가을'이었는데 난 '가로수'를 선택해 우수상을 탔다. "나는 인내를 사랑한다. 나는 푸르름을 사랑한다. 그러기에 너는 나의 유일한 스승이 되었는지도 모른다."로 시작하는 글이었다. 그 상으로 선생님이 지도하는 문예반 잔심부름을 도맡아 하게 되었고, 틈만 나면 글을 써서 선생님께 보여드리는 특권을 누렸다. 한 뼘 걷어 올린 코발트블루색 셔츠 소매 아래로 힘줄이 툭 불거진 선생님의 팔뚝을 바라보며 답변을 기다리다 보면 숨이 멎는 것 같았다. 무엇보다 멋진 선생님으로부터 인정받았다는 게 너무 좋았다.

그렇지만 2학년이 되면서 상황이 바뀌었다. 학교 신문 편집부장을 맡았는데 담당 여선생님은 웬일인지 내 글을 한 번도 신문에 실어주지 않았다. 마론 인형처럼 머리가 길고 눈이 예쁜 선생님의 관심을 못 받자 자존심이 몹시 상했다. 내가 예쁘지 않아서 그런가? 왜 내 글은 안 실어주시는 거냐고 물어볼 수도 없어서 끙끙 앓다 어느 날 함부로 단정 지었다. 내 글이 별로이기 때문인 거라고. 그 순간부터 아무도 모르게 꾸었던 작가의 꿈도 던져 버렸다. 친구들이 가끔 "너 예전에 글 잘 썼는데 지금은 왜 안 써?" 하고 물어올 때마다 "글을 잘 쓰긴. 난 글 못써!" 하며 화난 사람처럼 눈을 흘기며 쏘아붙였다. 여선생님이 "네 글은 별로였어!"라고 말하는 것 같아서였다. 난 '글'이라는 단어만 나와도 고개를 돌려 버렸다.

그나마 쓰는 것을 놓지 않았던 건 총각 선생님을 길에서 우연히 만났기 때문이었다. 첫 아이를 임신해서 만삭이던 8월 어느 날. 불가마 사우나에서 방금 나온 사람처럼 땀을 뚝뚝 흘리며 왁자지껄한 시장통을 지나가고 있었다. 어딘가 낯익은 아저씨가 맞은 편에서 걸어왔다. 총각 선생님이었다. 하필 만삭에다 땀에 전 몰골로 만나다니, 난 창피해서 어쩔 줄 몰라 배를 두 손으로 가린 채 고개만 푹 숙였다. 내 얼굴에서 굵은 땀방울이 찰싹 달라붙은 면 원피스의 불룩한 배 위로 떨어졌다.

"이햐, 너 결혼해서 아기 가졌구나. 기특하다."

"아, 네……."

"난 이 동네 00여고로 발령이 나서 왔어. 요즘도 글 쓰니? 많이 써라."

난 고개만 주억거리다 선생님의 뒷모습에 대고 인사하고는 허둥지둥 집으로 왔다. 머릿속에는 "요즘도 글 쓰니? 많이 써라!"라는 말만 메아리처럼 맴돌았다. 선생님이 글 쓰는 걸 좋아하던 나를 아직 기억하고 있다는 것만으로도 다시 써봐야겠다는 생각이 들었다. 남편에게 편지를 써서 회사로 보내고, 라디오 방송국에 엽서를 보내기도 했다.

방송국에서 주최하는 백일장에서 상도 타고 공모전에 입상도 했다. 그렇지만 작가의 꿈은 좀처럼 다시 꾸어지지 않았다.

지금 생각해보니 내가 국어 선생님을 좋아했던 건 작가가 되고 싶은 마음이 오래전부터 있었기 때문 아니었을까 싶다. 선생님이 아무리 멋졌어도 내가 싫어하는 과목인 수학 선생님이었다면 절대로 좋아하지 않았을 테니까. 총각 국어 선생님과의 조우는 글쓰기와의 조우였고, 어쩌면 운명이었는지 모른다는 생각도 든다. 그래서 난 가끔 궁금하다. 누가 뭐래도 난 작가가 될 거라고 용기를 냈더라면 일찍 작가가 되었을까 하고. 그리고 돌아본다. 학창 시절의 나처럼 혹시 글쓰기 수업 때 내가 관심을 덜 보여서 작가의 꿈을 유예한 수강생은 없는지. 만약 있다면 다시 용기를 내라고 말해주고 싶다. 써야 하는 사람은 언젠간 꼭 쓰게 되어있으니 지금 당장 써보는 게 어떻겠냐고.

## 나를 잃지 않기 위해 눈물로 얻은 책상

남편은 스물여덟, 난 스물셋에 결혼했다. 같은 직장 동료였는데 어느 날 남편이 친구를 소개해주겠다고 했다. 약속 장소인 시청 앞 코리아나 호텔 커피숍으로 나갔더니 남편 혼자 빙그레 웃고 있었다. 소개해주겠다던 친구가 출장을 갔다나 뭐라나. 나중에 알고 보니 셀프 소개팅을 한 거였다. 결혼. 내 몸 하나만 챙기면 되던 내가 시집살이를 하며 아내, 며느리, 형수, 올케의 역할까지 하느라 매일 허둥거렸다. 나는 나 그대로인데 상황이 바뀌자 모든 게 낯설고 어설펐다. 나이를 더 먹고 나서 결혼했다면 덜 힘들었을까. 사회 경험도 별로 없고 뭘 해본 적도 없어서인지 오작동하는 기계처럼 수시로 멈췄다. 이렇게 역할만 해내다 내 인생이 끝나는 건가 조바심도 났다. 제일 억울했던 건 시집 식구 얼굴은 온종일 보는데 남편 얼굴은 면회하는 것처럼 짧다는 거였다.

술을 좋아하던 남편은 허구한 날 술에 절어서 밤 12시가 넘어야 집에 들어왔다. 난 술 냄새만으로도 소주인지 맥주인지 막걸리인지 아니면 섞어 마셨는지 알 수 있었다. 늦은 밤 오지 않는 남편을 기다리며 졸고 있는 가로등 불빛 아래를 서성이거나 현관문 소리에 귀를 기울이다 보면 언제까지 이렇게 살아야 하나 암담했다. 남편이 온몸에 시큼

털털한 술 냄새를 풍기며 고주망태가 되어 들어온 새벽. 책상 하나만 사달라고 졸랐다. 자린고비 대마왕인 남편은 방도 좁은데 갖다 놓을 데다 어디 있느냐고 허공에 대고 손을 휘젓다 곯아떨어졌다. 나의 슬픔 따위는 알 바 아니라는 듯 코를 골며 자는 남편을 바라보며 밤새 울다 잠들었다. 다음 날, 퉁퉁 부은 얼굴을 본 남편이 내 손을 끌며 말했다. "어이구, 그게 그렇게 울 일이냐? 책상 사러 가자!"

지금은 철거된 신촌 굴레방 다리 밑 가구점에서 월넛 색에 형광등이 부착된 책상을 사줬다. 8자 장롱과 침대만으로도 꽉 찬 방의 출입문 뒤쪽에 놓으니 문이 반만 열렸다. 남편은 책상 때문에 드나들기 불편하다고 툴툴거렸지만 내게는 나만의 빛나는 세상이었다. 온종일 시집 식구들 속에서 내 역할을 해내느라 내가 아닌 채로 있다가 방문을 닫고 들어와 책상에 앉으면 비로소 나인 것 같아 마음이 놓였다. '투명 인간'에서 '존재하는 나'로 돌아오는 순간이었다. 방문을 열고 거실로 나가면 내가 아니었다가 문을 닫고 들어오면 내가 되는, 나였다가 아니었다가를 반복하며 살았다.

그 책상에서 《데미안》, 《어린 왕자》 등을 읽었다. 책은 학창 시절에 청소년 권장 도서로 읽던 때와는 달랐다. 성인이 되어 읽자 미성숙했던 내가 제대로 된 성인으로 정신이 확장되는 느낌이었다. 내가 의지해야 하는 건 남편이 아니라 나, 내 영혼은 내가 채워가야 한다는 걸 깨닫기 시작했다. 일기도 썼는데 대부분 시집살이에 대한 하소연이었다. 왜 어머니는 남편만 출근하고 나면 목소리가 딱딱해지는 건지, 밥하고 빨래하고 살림만 하다가 내 인생은 끝나는 건지, 식구들 뒤치다꺼리는 언제까지 해야 하는 건지……. 내 감정을 일기에 풀고 나면 '그럼 어떻게 살아야 되지?' 하는 물음이 나왔다. 나를 잃지는 말자고, 행복하기 위해 결혼했지만 행복하지는 않더라도 불행해지지 말자고 가만가만 나를 달랬다. 나의 언어로 묻고 대답하는 법을 알게 되자 그럭저럭 견딜 만했다.

버지니아 울프가 썼던 것처럼 내게 책상은 "세상을 있는 그대로 보기 위해서, 화를 내지 않기 위해서, 두려움과 쓰라림을 연민과 관용으로 바꾸고 사물을 그 자체로 생각하는 자유"를 얻기 위해 꼭 필요한 것이었다. 책상은 아이들이 연년생으로 태어나고 자라면서 무용지물이 되었고 식탁이 내 공간이 되었다. 반은 식탁, 반은 책상으로 수시로 용도변경 하면서. 식탁이 오로지 내 책상이 되는 시간은 식구들이 다 잠든 밤이나 새벽 그리고 어머님이 외출하고 난 뒤뿐이었다. 가족 모두 겉으로는 내 꿈을 응원한다고 하지만 살림이 엉망인 것까지 용인하는 건 아니어서였다.

집안의 평화는 내가 애쓰고, 지혜를 발휘해야만 유지되었고 그래서 더 고되었다. 그나마 식탁은 글을 쓰기 위한 예열 시간이 필요 없어서 글을 쓰기에 나쁘지 않았고, 자투리 시간을 이용해 책을 틈틈이 읽는 재미도 있었다. 압력솥이 밥을 하는 동안, 찌개가 끓는 동안 짧은 글을 쓰거나 시금치를 다듬다가 뭔가가 생각나면 즉시 메모하기에도 편했다. 일상 공간과 창작 공간 사이를 어떻게 든 비집고 들어가기 위해 발버둥 친 것이었다. 그 식탁에서 5권의 책을 썼다.

나뿐만 아니라 오정희 소설가도 부엌 귀퉁이에 '존재의 테이블'이라 이름 붙인 책상을 놓고 책을 읽고 소설도 썼다고 한다. 노벨 문학상 수상 작가인 토니 모리슨도 빵조각이 널브러진 식탁에서 글을 썼다는 걸 보면 주부에게 일상적인 공간과 글 쓰는 공간을 분리한다는 것은 불가능하구나 싶다. 하긴 글도 살림도 손과 마음으로 짓는 일이니 살림하는 것과 글 쓰는 일을 따로 분리하기는 쉬운 일이 아니리라.

이 글을 쓰면서 '눈물로 얻어낸 책상'에서 썼던 30여 년 전 일기를 꺼내 봤다. 일기장은 갈피마다 벼 이삭처럼 누렇게 변해 있었고, 헌책방에서 맡던 묵은 냄새가 났다. 그 냄새가 세월의 흔적 같아서 그리 싫지 않았다. 일기의 첫 장에는 이렇게 쓰여 있었다.

"올해엔 나 자신을 위한 시간을 갖자. 3월부터 시작되는 문화센터에서 서예를 배워야겠다. 내가 하고 싶은 걸 하다 보면 결혼 생활의 갈증이 조금은 해결이 되리라. 내 의식이 잠자지 않는 해로 보람있게 채색하자. 올해는……."

-1986. 1. 3

20대 중반. 나에게 책상은 시집살이로 고단한 어깨를 토닥여주는 친정엄마였고, 고백성사의 장소이자 해우소였다. 그러고 보니 이제야 알겠다. 지금까지 나를 잃지 않고 살 수 있었던 건 나만의 책상을 갖게 된 후부터라는 것을. 만취해 들어온 남편을 붙잡고 책상 하나 사달라고 졸랐던 그때 그 눈물, 참 고귀한 거였구나!

# 자서전을 쓰자 오롯이 '나'가 보였다

40살, 50살, 60살. 나이 앞자리 숫자가 10년 단위로 달라질 때마다 덜컥 겁이 났다. 좋은 시절이 다 갔구나, 하는 우울함 때문이었다. 지나고 보니 그때가 좋은 나이였고 살아갈 모든 날이 다 좋은 나이인데 그때는 알지 못했다. 나이 먹는 우울함을 달래기 위해 10년 주기 기념 여행을 갔다. 마흔에는 캐나다에서 결혼 안식 휴가 3개월을 보냈고, 쉰에는 난생처음으로 혼자 제주 여행을, 예순에는 친구들과 스위스, 이탈리아 여행을 다녀왔다. 그나마 여행을 다녀오면 앞으로 잘 살아갈 수 있을 거라는 희망이 생겼다.

10년 주기 중에서 제일 넘어가기 힘들었던 나이는 쉰 살이었다. 연년생 아이들도 다 커서 자기 일을 하고 있었지만 난 무엇을 해야 할지 갈팡질팡했다. 그동안 열심히 뭔가를 배우러 다녔지만, 눈에 보이는 성과가 없어서 불안하기만 했다. 한 가지를 깊이 파고들어야 하는데 이것저것 건드리기만 해서 무엇 하나 제대로 해내지 못했다는 자괴감 때문에 더 괴로웠다. 그토록 열심히 살았건만 왜 결과물은 하나도 없는지, 난 무엇을 위해 지금껏 살아왔는지 답을 알 수 없는 질문과 불만이 뒤섞였다.

어쨌든 쉰 살이 되었으니 내 삶을 글로 정리해보자고 마음 먹었다. 일명 자서전. 자서전이라고 하면 유명 작가나

기업 총수들이 쓰는 것으로 생각하기 쉽지만 난 삶을 정리해보기 위해 썼다. 지금 생각해보면 쉰이 그리 많은 나이도 아닌데 그때는 인생 다 산 사람처럼 느껴져서였다. 식탁에 앉아 노트북으로 글을 쓰기 시작했다.

"내 나이 오십. 이제 인생 2막이 시작된다. 결혼한 지 28년째, 세월은 빠르게 흐르는 물살 같다. 아이들은 어느새 성인으로 성장해 결혼을 생각할 나이가 되었다."

첫 문단을 쓰고 났더니 그다음 말들이 기다리고 있었다는 듯이 쏟아져 나왔다. 글을 쓰기 전에는 쓸 게 별로 없을 줄 알았다. 아니었다. 마치 글감이 오래전부터 꺼내주기를 바라고 있었던 것처럼 쓰면 쓸수록 뭔가가 치고 올라와 글이 만들어졌다. 어린 시절 엄마 없는 집에 들어섰던 날의 실망감과 결혼하고 난 뒤 가로등 아래 서서 오지 않는 남편을 기다리며 몸을 떨었던 시간, 연년생 아이를 키우며 화장실 가는 것조차 자유롭지 못했던 날들, 낭만적으로만 생각해서 오픈한 카페를 운영하면서 느꼈던 일, 여행 이야기 등을 쓰다 보니 어둠 속에 잠겨 있던 내 영혼이 서서히 빛을 향해 가고 있는 것 같았다. 글을 쓰는 동안 미소 지어졌다가 눈물이 나고, 눈물이 났다가 웃음도 났다. 수시로 남은 인생 내가 하고 싶을 걸 하며 살자, 라는 마음이 생겼다.

수십 년을 살아도 행복해서 어쩔 줄 몰랐던 순간을 모으면 스물네 시간이 안 된다고 한다. 그런데 자서전을 쓰고 보니 가시밭 길을 걷는 것 같던 순간도 다 꽃밭을 걸어온 것만 같았다. 이것저것 건드리기만 했다고 우울해했는데 다양한 경험을 했기에 휘청휘청 비틀거리면서도 여기까지 잘 온 거였다. 다시 태어나도 똑같이 살 거라는 마음이 들 만큼. 내 몸을 관통해 나온 것들은 어떤 날, 어떤 순간이든 다 소중하게 느껴졌다. 자서전을 써보니 50년이란 시간이 켜켜이 몸속에 축적되어 나를 만들었다는 깨달음과 함께 앞으로 어떻게 살아야 하는지 보였다.

글이 어느 정도 분량이 쌓이자 내 이름이 찍힌 책을 하나 내고 싶다, 그래서 내가 세상에 없을 때 우리 아이들이 보면 좋겠다는 생각이 들었다. 삶을 정리해보고 싶다는 마음이 내 글을 읽어주었으면, 하고 바라게 된 것이었다. 책을 만든다는 구체적인 목표로 옮겨가자 글 쓰는 과정이 더 즐거웠다. 자다가도 생각나는 게 있으면 벌떡 일어나 수첩에 기록하고, 길을 가다가도 떠오르는 게 있으면 메모하면서 글을 써나갔다. 문장을 잘 쓰려고 애쓰기보다 있는 그대로의 나를 다 쏟아내자 마음먹으며 썼다. 마침 '좋은 생각'이라는 출판사에서 '자작나무'라는 맞춤 책 서비스를 운영하고 있었다. 쓴 글을 묵히고 수정한 뒤 목차와 프롤로그까지 제법 책의 모양을 갖춰서 《길 위에 서다》라는 제목으로 출판사에 보냈다. 얼마 후 50권이 집으로 배달되었다. 그때 쓴 에필로그에는 내 마음이 고스란히 담겨 있다.

"쉰이라는 고개를 넘고 나서야 비로소, 추수를 끝낸 가을날의 농부처럼 홀가분 해졌다. 잠깐 멈춰서서 그동안 지나온 길들을 돌아보니 한순간인 듯하지만 아름다웠다. 이제 내 꿈을 위한 삶을 살고 싶다. 내가 가야 할 길을 알고 있는 지금, 발걸음은 가볍고 마음은 더없이 풍요롭다."

내 이름이 활자로 찍힌 책을 받아든 날. 첫 아이를 낳고 손가락 발가락이 다 있는지 세어 보던 때처럼 요리조리 살펴봤다. 오탈자도 많고 글이 매끄럽지 않았지만, 그래도 내 삶이 책이라는 기록으로 남았다는 게 좋았다. 지인들에게 나눠주고 났더니 50년을 기분 좋게 떠나보내고 새로운 꿈을 위한 대장정을 떠나는 기분이었다. 쓰기는 머리가 아닌 손과 눈으로 생각하는 방법이어서 구체성을 띤다더니 정말 그랬다. 글을 쓰는 과정에서 오롯이 '나'가 보였다. 동시에 출판사가 내주는 책, 지인들만 보는 책이 아니라 불특정 독자가 보는 책을 써보고 싶은 꿈도 생겼다. 난 끝이 보이지 않는 길 위에 서서, 어쩌면 무모할지도 모르는 작가의 길을 가보기로 했다.

자서전은 지나온 시간의 나를 기억해주고 미래의 나를 기대하게 했다. 내게 쓰는 시간을 주지 않았다면 켜켜이 쌓인 추억들을 낱낱이 찾아내지는 못했을 것이다. 또한 미래에 대한 기대 없이 내일을 맞고 그렇게 그냥저냥 살아갔을지도 모른다. 글을 쓰다 보니 서랍 속에 넣어두고 잊었던 물건 꺼내듯 하나씩 꺼내졌다. 그 결과 추억 속의 나와 현재의 내가 만나 새로운 빛깔의 나로 태어나는 듯했다. 인생을 정리해야 할 때라는 절박함 때문에 쓴 자서전이 계기가 되어 오롯한 나로 사는 지금. 나에게 엄지척이라도 해주고 싶다. 고맙다, 내 인생!

갑자기 울음이 터졌다. 눈물이 아닌 울음이었다. 느닷없이 터진 울음에 나 자신은 물론 그 자리에 있던 사람 모두 놀랐다. 수강생들의 모임에서 누군가가 "우리는 이렇게 으샤으샤 하며 함께 글을 쓰는데 작가님은 혼자서 어떻게 쓰셨어요!"라고 말해서였다. "흐윽, 어떻게 해야 할지 몰라 늘 막막했어. 사방이 안갯속 같았지." 울음 섞인 말을 신음하듯 토해냈다. 그녀들이 눈시울을 붉히며 내 등을 토닥여주고 손을 잡아주는 순간, 얼음으로 콱 막혀있던 혈이 뻥 뚫리는 듯했다.

아, 그러고 보니 알 것 같았다. 나도 모르게 터진 그 울음은 혼자 감당해야 했던 내 젊은 날의 외로움에 대한 애도의 눈물이었다는 것을. 지난날의 내 마음을 알아주는 말을 듣게 되자 내 안에 쌓여있던 것들이 울음으로 분출된 것이었다. 난 그동안 내가 이룬 성취에 빠져서 외로웠던 젊은 날의 나를 따뜻하게 안아 줄 애도의 시간을 충분히 갖지 못했던 것 같다. 난 아무렇지도 않은 줄 알았는데 가슴이 저 혼자 다 기억하고 있는 것이었다. 언젠가 읽었던 김형경 작가의 《좋은 이별》이라는 책에 "상실이나 결핍이 심리적 문제의 원인이 된다면, 애도는 그 문제에 대한 본질적 해결책이다."라는 말이 나온다. 애도는 사랑하던 사람이 죽었을 때만 해야 하는 것으로 알았는데 심리적 결핍에도 필요한 것이었다.

돌아보면 내 젊음은 찬란했으나 외롭고 막막한 호사였다. 난 한겨울의 은사시나무처럼 외로웠다. 다른 사람은 살림하고 애 키우며 잘도 사는데 나는 왜 이렇게 불안한지, 부족한 것 하나 없이 사는 데 마음은 왜 이리 공허한지, 도대체 놓치고 사는 게 뭔지, 내가 이상한 사람이라서 그런 건지. 일상의 미세한 균열에도 크게 마음이 상했다. 그때 누군가가 도대체 뭐가 문제냐, 복에 겨워서 그런 거 아니냐고 했어도 아무 말도 못 했을 것이다.

왜 그리 마음이 헛헛한지 답을 찾기 위해 사람들을 만나 입에서 단내나도록 수다를 떨었다. 때로는 수다 떠는 것만으로도 스트레스가 풀리는 것 같았지만 그때뿐이었다. 모임이 끝나고 집으로 돌아오면 괜히 시간을 헛되게 보낸 것 같아 허탈했다. 수다의 자리에는 늘 나는 없고 자식이나 남편 심지어 한 번도 만난 적 없는 사람의 얘기를 들을 때면 자꾸 혼잣말이 나왔다. 이게 아닌데, 이게 아닌데…….

일단 아이 학교 엄마들의 모임부터 끊었다.

불안감이 없지는 않았다. 이러다 아이들 친구가 다 떨어져 나가는 건 아닌지, 학교나 학원에 대한 정보가 없어서 내 아이만 뒤처지는 게 아닌지, 나중에 후회할 일을 한 건 아닌지. 그렇지만 내 판단을 믿고 수다 대신 관심 있는 것들을 배우러 다녔다. 불안한 마음을 달래기에 공부보다 더 좋은 건 없었다. 서예, 인문학 강좌, 영어교실, 인테리어, 여행작가학교, 사진, 시 쓰기, 독서 모임, 영화모임, 문화센터, 바리스타, 캘리그래피, 글쓰기……. 주위 사람들은 공부는 이제 그만해도 되지 뭘 그렇게 배우러 다니냐, 남편이 돈 잘 벌어다 주니까 팔자가 좋아서 돈 쓰러 다닌다, 남편 등골 빼먹는 것 아니냐고도 했다. 내가 정말 잘못된 길을 가고 있는 것 같아 더 암담했다. 이럴 때면 나의 만트라인 '무소의 뿔처럼 혼자서 가는 거야.'라는 말을 되뇌었다. 그러면 묵묵히 내 길을 가자는 다짐을 하게 됐고 다시 일어날 힘이 생겼다. 내가 하고 싶은 걸 하면서 꾸준히, 깊이 몰입할 대상을 탐색해 나갔다.

그러다 잡아챈 게 글쓰기였다. 글쓰기는 꽁꽁 얼어있던 내 마음에 손난로가 되어 조금씩 온기를 주었다. 정갈한 마음으로 책상에 앉아 글을 쓰다 보면 마음 잘 맞는 친구와 속 깊은 이야기를 나누는 것 같았다. 내 곁에서 언제든 내 말에 귀 기울여 주고 가끔은 나도 모르고 있었던 내 속 마음을 꺼내주는 영혼의 친구. 사람들 속에 있을 때는 보이지 않던 것들이 혼자 앉아 글을 쓰다 보면 비로소 선명해졌다. 잊고 있던 생각들이 마음속 저 밑바닥에서 올라와 되새겨졌고, 누구에게도 말하지 못해 답답했던 마음이 스르륵 풀렸다. 수다를 떨고 난 뒤에 느끼는 허탈함도, 마음 터놓고 얘기할 사람이 없어서 답답하던 외로움도 잦아들었다. 밤길을 혼자 걸어가는 것 같은 휘휘한 마음에 누군가 와서 어깨를 감싸주는 것 같았다. 외로움은 고양감으로 발전하고, 뭔가 근사한 일을 하는 것처럼 나에 대한 자부심도 생겼다. 집중하면 할수록 깊어지는 충만함으로 외로움과는 결별하게 되었고, 오히려 자발적 외로움을 택하기도 했다.

글쓰기는 세상과 연애하는 일이었다. 햇살 한 조각, 바람 한 점, 빙그르르 돌며 떨어지는 나뭇잎에 의미를 부여했고 이름을 몰랐던 연하늘색 작은 들꽃이 꽃마리라는 걸 알게 했다. 무엇보다 섬세한 감정을 가진 나로 사는 것 같아서 흐뭇했다. 글은 나의 연인이 되어 어디를 가든, 어디에 있든 함께 한다. 지나고 보니 혼자라고 느꼈던 그 순간이 있어서 나는 더 열정적으로 나를 찾아다닌 게 아닌가 싶다. 나의 글은 내 외로움의 뿌리와 맞닿아 있어 더 나다운 글이 된 건지도 모르겠다.

내가 글쓰기 수업에 온 마음을 다하고 있는 것은 그녀들의 현재 모습에서 과거의 내 모습이 보이기 때문이다. 그렇기에 그녀들에게 지금 잘하고 있다고, 지금처럼 살다 보면 인생 2막은 자신이 원하는 곳에서 좋아하는 일을 하며 살 수 있을 거라고 말해준다. 미리 걱정하지 말고 현재에 집중하라고. 막막했던 젊은 시절의 내게 누군가 이런 말을 해줬다면 그토록 방황하지는 않았을 것이라는 걸 알기에 꼭 말해주고 싶은 것이다. 그녀들이 더는 방황하지 않고 자신이 원하는 삶을 살아갈 수 있도록 내가 최선을 다해 모범을 보이면서 곁에 있어 주고 싶다. 내 속마음까지 꺼내 주는 글쓰기라는 영혼의 친구를 만났더니 현실 속의 또 다른 영혼의 친구들을 만났다. 그 친구들의 말 한마디, 따뜻한 위로의 손길이 있어서 난 더 이상 외롭지 않다. 나도 누군가의 마음에 위안으로 가 닿기를 소망한다.

# 스토리로 두 번째 자아를 찾다

10여 년 전 에세이스트로 등단했다. '진흙 인형'이라는 제목의 글이었다. 등단하자 잡지사 편집장으로부터 전화가 왔다.

"선생님! 잡지에 실을 건데, 프로필 좀 보내주세요."

"프로필요? 나 그런 거 없는데요!"

"경력이나 뭐 그런 것 보내주시면 돼요. 사진도요!"

난 당황했다. 경력이라고 딱히 내 세울만한 게 없어서 갑자기 목덜미가 뻐근해 왔다. 주부라는 호칭 외에는 나를 대외적으로 증명해 보일만 한 게 아무것도 없다는 사실이 참담했다. 더 난감한 것은 학력이었다. 초등교육과 2년 공부한 게 다여서 프로필에 쓸 수도 없었다. 이럴 줄 알았으면 계속 공부해서 구색이라도 맞출 걸 그랬나 싶었다.

그때의 심정을 글쓰기 카페에 '프로필 유감'이라는 글로 써서 올렸다. 댓글에는 '흔한' 대학 졸업장보다 글 쓰는 사람이 더 값지다, 대학보다 삶에서 배움을 찾는 게 더 귀하다는 등 진심으로 응원하는 글이 올라왔다. 그렇지만 큰 위로가 되지 않았다. 누군가는 흔한 졸업장이라지만 난 그것조차 없었고(프로필에 학력이 꼭 들어가던 때였다), 글 쓰는 사람이 더 값지다지만 그때는 책을 낸 것도 아니어서였다. 편입해서 공부를 더 해볼까 생각한 적 있었지만, 남편이 대학원에 가는 바람에 접어야 했다. 그 대신 일 년에 한두 번 해외여행을 다녀오고 관심 있는 것들을 배우러 다녔다.

십여 년이 지난 지금, 시대의 흐름은 내 편이 되어주고 있다. 내 삶을 스토리로 증명해 보인 책이 훌륭한 프로필이 되어준 것이다. 나의 프로필은 오로지 자식만을 위해 산 엄마가 아니라 자신을 잃지 않고 살다 쉰 중반에 작가가 된 사람, 엄마표 '생활 밀착형' 카운슬러이자 멘토, 글쓰기로 삶의 방향을 찾아주는 인생 수업 강사다. 이런 프로필을 갖기까지 우연이 연속적으로 일어나 생긴 일이었다.

《리스본행 야간열차》라는 책에는 우리 인생의 진정한 감독은 우연이고, 인생을 결정하는 경험의 드라마는 조용할 때가 많아서 경험하는 당시에는 느끼지 못하는 경우가 더 많다는 말이 나온다. 이 책에서 하는 말처럼 그 당시에는 몰랐지만 우연이 내 인생의 감독이었고, 그 감독의 지시에 따라 징검다리를 하나씩 놓았던 것 같다. 우연을 행동으로 옮기면서 조용히 내가 원하는 방향으로 계속 가다 보니 지금의 꽃길이 만들어진 것이다. 우연으로 이루어진 나의 역사를 정리해보면 이렇다.

'혼자 제주 여행을 갔다가 작가의 꿈을 찾았고 꿈을 찾자 자서전을 쓰게 됐다, 자서전을 써 봤더니 글쓰기를 제대로 배워야겠다는 생각에 수업을 들으러 갔다, 그 수업을 들으면서 블로그에 글을 썼더니 출간 제의를 받아 책을 내게 되었다, 책을 내고 나자 그게 프로필이 되어 글쓰기 수업을 하게 되었고, 글쓰기 수업을 계기로 내가 살고 싶었던 제주에서 살게 되었다, 수강생들과 함께 꿈을 꾸고, 그 꿈을 이루며 사는 인생 2막이 너무 행복하다.'

그랬다. 난 경험을 통해 나의 스토리를 만들어 온 것이었다. 나는 남의 눈보다 내가 원하는 것에 집중하는 사람이었다. 그것을 제주로 이주하기 위해 짐 정리를 하다가 확인하게 되었다. 값비싼 물건이 별로 없다는 것이 물건에 투자하지 않고 여행이라는 경험에 투자하면서 살아온 나를 증명해주고 있었다. 나 자신의 경험으로 얻은 스토리가 있었기에 당당한 내가 된 것인지도 모른다. 만약 그렇지 않았다면 스펙이 좋았다고 해도 더 좋은 사람을 만나면 주눅 들었을 것이다. 김정태 저자는 《스토리가 스펙을 이긴다》라는 책에서 이렇게 말한다.

"스펙은 우리들의 인생에 한정적인 빙산의 일각과도 같다. 스펙은 빙산이 녹는 것처럼 시간이 지남에 따라 사라지지만 중요한 것은 빙산 아래 바닷속에 숨겨진 거대한 부분인 잠재적인 스토리다."

난 글쓰기를 시작하는 사람에게 자기 역사 쓰기를 해보라고 권유한다. 자기 삶을 낱낱이 살펴보고 해체하면서 자신과 대화하다 보면 어떤 삶을 살아야 할지 구체성을 띠게 되기 때문이다. 내가 자서전을 쓰고 나서 글 쓰는 걸 좋아하는 사람이라는 걸 깨닫고 작가의 길로 들어선 것처럼 말이다. 한 수강생은 수업 기간 내내 자기 역사 쓰기를 하더니 가족을 객관적인 눈으로 바라보게 되었다고 한다. 자신이 다 책임져야 한다는 압박감으로 늘 불안했는데 자유로워졌다고 했다. 가족에게 충분한 도움을 주지 못하고 있다는 죄책감에서도 벗어날 수 있었단다. 자신의 이야기를 쓰다 보면 슬프고 괴로운 일도 객관화 되기 때문이다.

내 이야기를 써서 글 쓰는 사람, 글쓰기를 가르치는 사람이 되고 보니 또 다른 내가 산다. 두 번째 자아. 그 자아는 내 안에서 나를 가장 잘 이해하며 응원하고 보듬어 준다. 기쁠 때나 슬플 때나 늘 내 편이어서 그 자체로 위안이 된다. 어떤 일이 있어도 나를 있는 그대로 바라봐주는 미더운 존재다. 빛나는 스펙을 가졌다면 더 좋았겠지만, 아슬아슬한 설렘을 경험하는 글을 쓰고 있다는 것에 감사한다. 그저 좋은 글이나 많이 썼으면 좋겠다는 생각뿐이다.

글쓰기를 잘하려면 다독(多讀), 다작(多作), 다상량(多商量)의 3다(多)를 해야 한다고 공식처럼 말한다. 하지만 난 다경험(多經驗) 한 가지를 더해 4다(多)가 되어야 한다고 생각한다. 중국 송나라 때 구양수에 의해 만들어진 3다(多)에 경험이라는 시대성을 추가하는 것이다. 경험으로 나를 증명하는 글을 쓸 때, 자기 이야기가 모두의 이야기가 될 때 글은 더 생생해지고 나는 빛난다. 경험이라는 빛을 따라가며 자신만의 유일성을 스펙이 아닌 스토리로 만들어가면 어떨까? 스토리는 내면의 소리에 귀 기울이고 자신이 진정으로 원하는 게 무엇인지 탐색하는 것부터 시작이다. 그렇게 쌓인 스토리는 두 번째 자아가 되어 자신을 빛내줄 것이다. 스펙보다 더 찬란하게.

## 글쓰기 연습장, 블로그가 고맙다

삶이란 참 알 수 없다. 내 삶에 어느 날 갑자기 나를 구원해줄 동아줄 하나가 툭 떨어질 줄은 정말 몰랐다. 글을 써도 뭔가 달라지는 것 같지 않아서 딱 멈춰 있을 때였다. 남들은 좋은 글을 마구마구 쓰면서 성장하는데 나만 제자리인 것 같아 벼랑 끝에 서 있는 것처럼 한 발짝도 뗄 수 없었다. 그런 내게 블로그를 통해 출판사로부터 출간 제의가 들어왔다. 마치 동화 《해님 달님》에서 오누이에게 동아줄이 내려와 목숨을 구한 것처럼. 블로그를 시작한 지 1년 반 정도 됐을 때였다. 방문자 수도, 댓글도 별로 많지 않은 상태여서 마치 기적 같았다. '나이 든 여자로 사는 즐거움'이라는 주제였다. 20대 후반의 편집자가 자신의 엄마 또래인데 재미있게 사는 모습을 보고 이거다, 싶었다고 했다.

블로그는 글쓰기 수업을 들으면서 시작했는데 공개된 글쓰기 연습장이라고만 생각했다. 방문자나 댓글을 달아주는 사람이 없어도 그냥 썼다. 노트북 자판 두드리는 것도 겨우 독수리 타법을 면한 상태여서 아기가 걸음마 하듯 한 자 한 자 써서 올렸다. 일상 속에서 일어나는 일과 그 속에서 느낀 생각들을 써나갔다. 블로그 글쓰기는 나 혼자 보는 글을 쓰는 것과는 완전히 달랐다. 누군가 읽는 사람이 있다는 걸 의식하게 되자 글을 올린 뒤에 뭔가 생각나는 게 있으면 얼른 들어가 고쳤다. 자꾸 고치다 보니 글이 저절로 늘었다. 글을 왜 공개해야 하는지 알게 된 순간이기도 했다.

블로그에 일주일에 두 편씩 글을 올렸더니 점점 재미가 붙었다. 가뭄에 콩 나듯 어쩌다 댓글이 달리면 와락 고마운 마음도 들었다. 내 생각에 동의했다는 것만으로도 동지를 만난 듯 너무 반가워서였다. 글이 쌓일수록 자신감과 묘한 안정감 그리고 성취감도 생겼다.

처음 썼던 주제는 딸과의 여행이었다. 캐나다 여행을 시작으로 홍콩, 일본 등 여행한 이야기를 몇 개 써보니 다른 것도 쓰고 싶어졌다. 많은 것에 관심이 있는 난 한 가지 주제로 좁히는 게 너무 어려웠다. 이 주제 저 주제로 왔다 갔다 하다가 내 이야기부터 쓰기로 했다. 그래야 쉽고 재미있게 써질 것 같아서였다. 결국 '나이 든 여자로 사는 즐거움'이라는 주제가 되었다. 일상, 가족, 여행이라는 키워드로 나의 이야기를 집중적으로 써서 출간 제안을 받게 된 것이었다. 생각지도 않았던 제안을 받자 인정 욕구에 바짝 목말라 있던 마음이 생기로 꽉 채워지는 기분이었다. 작가의 꿈을 키워가는 게 맞는 건지 알 수 없었는데 맞는다고, 그게 나의 천복이라고 인정해주는 것 같았다.

출간 계약을 하러 합정역 4번 출구 앞에 있는 출판사로

가는 길은 취업에 성공한 사회 초년생이 첫 출근을 하는 것처럼 설레고 두근거렸다. 하이힐을 신고도 출판사 2층 계단을 나는 듯이 올라갔다. 출간계약서에 내 이름을 쓰고 도장을 찍는 순간 누구의 아내, 누구의 엄마라는 타이틀을 떼어내고 나로 인정받은 것 같아서 흐뭇했다. 출판사에서는 초보 작가라서 크게 기대하는 것 같지는 않았지만, 출판사를 위해 잘 팔리는 책을 써야겠다는 다짐도 했다. 그렇지만 계약하고도 콘셉트를 세 번이나 바꿔야 하는 힘든 시간을 보냈다. 결국 돌고 돌아 4년 전 블로그의 첫 주제였던 딸의 이야기가 되었다. 여행이 아닌 결혼 이야기라는 게 다를 뿐. 뭔가 잘 풀리지 않을 때 첫 생각으로 돌아가 보면 거기에 답이 있을지도 모른다. 콘셉트를 찾아 헤매면서 쓰고 또 쓰는 과정에서 글이 늘었고, 마음도 단단해졌다.

첫 책을 쓰면서 몸은 현실에 있는데 마음은 어딘가를 헤매다녔던 이유가 바로 글이라는 세계를 찾으려고 했던 거구나, 이제 글을 쓰면서 더는 방황하지 않고 안정적으로 살 수 있겠구나 싶었다. 이 길로 끝까지 가보자! 탄탄대로가 아닌 가시밭길이라도 얼마든지 견디며 글을 쓸 수 있을 것 같았다. 글이 마음먹은 대로 써지지 않을 때는 책이 나오면 출판기념회를 하자, 나를 응원했던 사람들과 맛있는 걸 나눠 먹자고 생각하면서 힘을 냈다. 생각했던 대로 책이 출간되고 나서 멋진 출판기념회를 했는데 따끈따끈한 2쇄로 사인을 해주어서 더없이 좋았다. 글을 죽을 때까지 써도 좋겠다는 확고한 의지가 생겼고 원동력이 되었다. '에이, 이 나이에 무슨 책을 내. 나무에게 미안한 일은 하지 말자.'라며 그 자리에 멈춰버렸다면 내 삶도 거기에서 멈췄을 것이다. 포기하지 않고 끝까지 썼다는 게 너무 다행이어서 나 자신에게 고마웠다. 기회는 그냥 오는 게 아니라 내가 만들어가는 것이었다.

블로그를 글쓰기 연습장이라 생각하고 꾸준히 글을 쓰자. 블로그를 계속하면 밋밋한 것 같은 일상이 의미로 채워진다. 그냥 스쳐 지나가는 것들을 잡아채 기록으로 남기면 나는 물론 남에게도 도움이 될 수 있다. 가슴 두근거리는 것들, 관심 있는 것들에 눈을 맞추고 하나씩 기록하다 보면 어느 날 좋은 소식이 날아와 자신이 원하는 세상으로 데리고 갈지도 모른다. 혹시 누가 아는가. 어떤 편집자가 튼튼한 동아줄을 내려줄지. 방문자 수나 댓글이 많은 사람만이 꼭 책을 내는 게 아니라 주제만 좋으면 누구나 편집자의 제안을 받을 수도 있다. 내 삶의 포트폴리오를 만든다 생각하고 관심 분야에 대해 꾸준히 써서 올리자. 분야가 어떤 것이든 블로그에 공개하면 필요한 누군가가 찾게 된다. 작가의 꿈을 이룬 내 역사를 한 마디로 표현하면 나를 믿고 꾸준히 블로그에 글을 썼다는 것 뿐이다.

모든 경험에는 실패가 없는 법. 꿈을 이루어 가는 과정 중에는 힘들 때도 있지만 다 공부라고 생각하면 힘이 덜 든다. 공부한다는 마음으로 경험을 받아들이면 나중에 다 나답게 살 수 있는 기틀이 된다. 글 쓰는 게 지지부진하게 느껴지고 막막해질 때도 글쓰기 연습장인 블로그에 꾸준히 글을 쓰다 보면 좋은 날이 올 거라 믿는다. 우리는 저마다의 바다를, 나만의 아름다운 이야기를 갖고 있다. 그것을 블로그에 꺼내 반짝반짝 빛나게 하자. 언젠가는 블로그에게 고맙다는 말을 하게 될지도 모른다. 나처럼.

# 글쓰기가 재능이 될 때

"난 글쓰기 재능이 없는 것 같아요."

글쓰기 수업을 하면서 제일 많이 들어 본 탄식이다. 그럴 때마다 나는 생각한다. 언제부터 글쓰기는 재능이라는 공식이 성립한 것일까, 혹시 재능이 없다는 말 뒤로 숨고 싶은 건 아닐까. 많은 작가가 글은 엉덩이의 힘으로 쓰는 거라고 말해도 글쓰기를 배우는 사람들은 믿지 않는다. 간혹 글쓰기를 배우지도 않았다는데 하늘에서 뚝 떨어진 것처럼 빛이 나는 글을 쓰는 사람이 있긴 하다. 글을 배운 적도 없는 아이가 책을 읽듯이. 그런 천재를 만나면 노력하는 내가 괜히 초라해 보이기도 하지만 알고 보면 천재도 노력 없이 업적을 내는 건 아니다. 매일, 조금씩 될 때까지 하는 사람이 천재라고 하지 않던가.

글쓰기의 재능이 문장을 얼마나 잘 구사하느냐에 있다지만 난 글쓰기를 배우러 오는 사람은 모두 재능이 있다고 생각한다. 우아한 독자로 남고 싶은 사람은 글을 쓰겠다고 오지 않고, 글쓰기 수업에 처음 왔을 때는 재능이 없나보다고 주눅 들어 있던 사람도 시간이 갈수록 눈부시게 발전한 글을 쓰게 되니까. 그런 걸 보면 역시 글은 재능이 아니라 꾸준히 쓰는 것이란 확신이 든다. 사람들은 흔히 재능이 있는 사람만 글을 쓴다고 생각한다. 그렇지만 글쓰기는 재능이 있는 사람과 없는 사람으로 나뉘는 게 아니라 끝까지 쓰는 사람과 포기하는 사람으로 나뉜다. 재능을 타고났어도 끝까지 쓰지 않은 사람은 그걸로 끝이지만, 꾸준히 쓴 사람은 시간이 걸렸어도 몇 년 후에 책을 내는 걸 자주 보았다. 끈질기게 붙들고 늘어지는 의지, 포기하지 않고 언젠가는 이룰 수 있다는 용기가 그렇게 만든 것이다.

나와 여행 작가학교 동기인 김미선 작가는 책을 내기 위해 5년 동안 고생했다. 뉴욕 인물 여행이라는 좋은 콘텐츠를 가졌음에도 출판사로부터 거절을 많이 당했다. 그래도 실망하지 않고 원고를 수정 보완하고, 드로잉을 배워 직접 그려서 《꿈 꾸는 자들의 도시 뉴욕을 그리다》라는 책을 냈다. 그 책을 낸 뒤로 강의도 하고 있는데 얼마 전 중쇄를 찍었다는 반가운 소식을 들었다. 그녀가 대단한 건 뉴욕이 세계적인 도시가 될 수 있게 해준 인물들의 발자취를 알리고 싶다는 간절한 마음으로 꾸준히 글을 쓰면서 앞으로 나아갔다는 것이다. 그녀에게는 글쓰기 재능이 있고 없고 따지는 것조차 무의미했을지도 모른다.

정여울 작가는 《끝까지 쓰는 용기》라는 책에서 쓰기의 재능을 '3S', 스토리(story), 센시티브(sensitive), 스톡(stock)이라고 했다. 즉, 스토리가 있어야 하고 작가적 상상력이 있어야 하며 글감을 저장하는 능력이 있어야 한다는 것이었다. 또 재능에 관한 말도 나온다.

"재능은 뜻밖의 타인과 부딪힘을 통해, 알 수 없는 세계와의 충돌을 통해, 감당할 수 없는 사건과의 조우를 통해 매일매일 우리가 모르는 사이에 제련되고 폭발하고 잉태되는 것이다."

난 이 문장에 무릎을 쳤다. 내 글쓰기도 50년 동안 쌓아온 말들을 자서전을 통해 마구 토해내고, 매일 모닝 페이지를 쓰고, 글쓰기 수업에서 100일 프로젝트를 완주하면서 '제련되고 폭발하고 잉태되는 것'이었기 때문이다.

특히 글쓰기 수업에서 진행한 100일 프로젝트의 성공은 초집중 모드여야 가능했다. 시집살이하랴, 일하랴, 아이와 남편 챙기랴 정신없는 생활이었지만 꼭 완주하겠다는 일념으로 집중했다. 해야 할 일의 우선순위를 글쓰기에 두자 다른 건 관심 밖으로 밀려났다. 강한 의지만 있다면 다른 건 다 변명이 되는 거였다. 이 과정에서 내가 과연 작가가 될 수 있을까, 하는 의구심이 사라지고 될 수 있겠다는 확신을 잉태했다. 글쓰기가 아무리 좋아도 즐겁지만은 않고, 아무리 힘들어도 힘들기만 하지 않다는 것도 알게 되었다. 완주한 날부터 선생님은 나를 '성실한 독종'이라고 불렀다.

내 생애 처음 들어본, 훈장 같은 말이었다. 독종. 끝까지 해냈으니 독종이 맞았다. 프로젝트의 성공은 나를 '행복 독기주의자'로 만들었다. 행복을 위해서라면 얼마든지 독기를 품어도 좋으리라.

글쓰기 재능이란 글에 대한 자기 확신이 들 때까지 근육을 만드는 일, 생긴 근육이 빠지지 않게 매일 꾸준히 쓰는 것이다. 재능이 있는 사람도 본인은 모르고, 재능이 있다고 해서 기가 막힌 글을 매번 쓰는 것도 아니다. 글쓰기 수업을 하다 보면 가끔 노력하지 않는데도 재능의 광채가 나는 사람이 있다. 그렇지만 꾸준함이 없어서 잠깐 빛났다가 사라졌다. 역시나 글쓰기 재능은 타고나는 게 아니라 꾸준히 쓸 때 생기는 거였다. 재능의 문제가 아니라 내가 원하는 글을 얼마나 원하는 방향으로 써나가는 훈련이 되었느냐다. 글쓰기 천재로 태어나지 않은 이상 꾸준함으로 평범함을 뛰어넘으면 그게 재능이 된다. 여기에 훈련 말고 또 무엇이 있을까. 꾸준히 쓰지 않고 하루를 쉬게 되면 하루는 일주일, 일주일은 한 달 그리고 한 달은 글쓰기와 영영 멀어지게 한다.

재능이 없다고 포기하지 말고 완벽한 글이 아니어도 쓰고, 숙성시키고, 고치는 노력을 하면서 꾸준히 써보자. 그렇지 않으면 불꽃처럼 타올랐던 글쓰기 열정도 서서히 사그라들어 재가 되고 만다. 글이라는 놀잇감을 가지고 꾸준히, 재미있게 잘 놀다 보면 내 글을 좋아하는 출판사가 부를 날이 올 것이다. 어린 시절 신나게 놀다 보면 엄마가 밥 먹으라고 부를 때처럼. 내게 재능이 있을까, 없을까 의문이 생길 때 페미니즘의 선두 주자인 리베카 솔닛의 《멀고도 가까운》이라는 책에서 한 말을 기억해도 좋겠다.

"재능은 문제가 아니라는 생각이 든다. 작가의 재능이란 사람들이 생각하는 것만큼 희귀하지 않다. 오히려 재능은 많은 시간 동안의 고독을 견디고 계속 작업을 해나갈 수 있는 능력에서 부분적으로 드러나기도 한다."

# 모닝 글쓰기로 굿모닝

"아침에 일어나자마자 무엇이든 생각나는 것을 세 쪽에 걸쳐 쓴다. 쓸 것이 아무것도 생각나지 않는다면 '쓸 만한 말이 아무것도 떠오르지 않는다……'라고 쓴다."

《아티스트 웨이》라는 책에 나오는 말이다. 내 안의 창조성을 깨우는 '모닝 페이지'를 쓰는 방법이다. 아침에 일어나자마자 써보라니, 그동안 사서 모아놓은 노트에 써보자는 생각이 들었다. 내 안의 창조성도 깨우면서 글 쓰는 습관도 들이고, 노트를 제대로 쓸 기회도 되니 일석삼조가 되겠구나 싶었다. 외국 여행을 가면 꼭 노트를 사는 취미가 있었는데 언젠가는 쓸지도 모르겠다는 무의식이 있었던 것 같다.

여행지에서 사는 노트 표지는 나라마다 특색이 있어서 좋았다. 태국의 어느 허름한 골목에서 산 노트는 천으로 된 겉면에 비즈가 촘촘하게 박혀 있고, 파리 몽마르트르 언덕에서 산 노트는 화보집 같다. 밀라노에서 사 온 노트 표지는 엠보싱 가죽이어서 고급스럽고, 네팔에서 산 노트는 한지에 말린 꽃을 붙인 수제품이어서 볼 때마다 기분이 좋다. 일본에서 사 온 것은 탈부착할 수 있어서 다 쓰고 나면 책 커버로도 사용할 수 있는데 역시 일본답다는 생각이 들었다. 이 노트를 가끔 펼쳐 보기만 했었는데 드디어 쓸 때가 왔구나 싶었다.

태국산 노트를 꺼내 매일 아침 6시에 글을 써보기로 했다. 뭔가 꾸준히 하는 것에 별 흥미가 없는 나였지만 이번에는 제대로 해보고 싶었다. 올빼미형 인간이라 첫날부터 못 일어날까 봐 알람을 켜놓고 잤다. 마음을 단단하게 먹어서일까. 알람이 울리기도 전에 눈이 떠졌다. 일어나자마자 얼른 주방으로 가서 커피 한잔을 타들고 식탁 앞에 앉았다. 창밖은 희미하게 동이 터오고 잠에서 깬 새들이 지저귀기 시작했다. 비몽사몽인 채로 커피를 한 모금씩 마셔가며 약간 도톰한 질감의 노트에 펜을 골라 "오늘 아침부터 모닝 페이지를……"이라고 쓰는데 부드럽게 써지지 않았다. 프러스펜으로 바꿔 써보니 쓰윽쓱, 잘 써졌다. 종이의 질감과 펜 심의 강도가 단짝 친구처럼 잘 맞아야 쓸 맛도 나는 거였다.

《아티스트 웨이》에서는 생각나는 대로 세 쪽을 쓰라고 했지만 너무 어려웠다. 한두 줄 쓰고 나면 더 쓸 말이 생각나지 않아서 멍하니 앉아 있기도 했다. 노트 한쪽이라도 어쨌든 채워야겠다는 일념으로 써나갔다. 아무런 생각 없이 그저 의식의 흐름대로 쓰면서 빈 노트를 채워갔더니 점점 요령도 생기고 문장도 길어졌다. 집중이 잘 안 될 때는

30분 타임을 걸고 쓰면 후다닥 써지기도 했다. 처음에는 감정 위주로만 써지고, 한 장 쓰는 데도 30분 이상 걸렸다. 그러다 매일 같은 시간에 일어나 반복해서 쓰다 보니 간밤에 꾸었던 꿈 얘기나 전날 친구 만나 수다 떤 얘기, 남편에게 화가 났던 얘기가 혼잣말하듯이 써졌다. 고민에 대한 글을 쓰다 보면 '그럼 어떻게 하지?'라는 문제 해결 방식으로 옮겨갔다. 나중에는 이걸 해볼까 저걸 해볼까, 하며 계획을 세우기도 했는데 쓰는 만큼 생각도 넓어져 가는 것이었다.

우리 몸에서 세포가 만들어지는 데 걸리는 시간인 20일이 지나자 집중도 훨씬 잘됐다. 자꾸 쓸 말이 늘어나고 생각들이 쑥쑥 머리를 밀고 올라왔다. 어떤 날은 손이 저절로 움직이는 것 같기도 했다. 쓰다 보니 나도 모르고 있었던 무의식이 밖으로 나왔다. 생각하지 않았던 엉뚱한 말이 튀어나와 써질 때도 있었고, 좋은 문장들도 줄줄이 딸려 나왔다. 이게 내가 쓴 게 맞나 싶고, 손에도 생각이라는 게 있나, 하는 생각까지 들 정도였다. 창조성은 규칙과 습관의 산물이라더니 습관적으로 쓰다 보니 자연스레 주어진 것이었다.

특히 아침에 맑은 정신으로 나를 위해 뭔가를 하고 있다는 것이 전에 없던 성취감도 주었다. 아침에 느끼는 성취감은 하루를 기분 좋게 시작하는 에너지가 되었고, 그 에너지는 일주일을, 일주일은 한 달을 기분 좋게 보낼 수 있었다. 이 느낌이 좋아서 100일 동안 써보기로 했다. 100일이면 아기가 태어나 목을 가누고 뒤집기를 시작하는 시기. 100일을 채우고 났더니 글이 저절로 써져서 글 쓰는 두려움이 없어졌다. 글쓰기 근육도 탄탄하게 붙은 것 같았다. 내 안의 창조성도 깨우고 그동안 사 모았던 노트를 다 썼다는 게 그 어느 것에서도 느껴보지 못했던 만족감을 주었다.

취미로 사 모은 노트에 쓰는 '모닝 페이지'는 나의 놀이터이자 여행지가 되었다. 글을 쓰는 행위가 마치 어릴 적 마당에서 땅따먹기, 사방치기, 숨바꼭질하며 노는 듯했다. 내 생각을 밖으로 꺼내는 것도, 노트에 글자가 새겨지는 것도 흥미로웠다. 잊고 있던 여행지에서의 풍경들도 다시 살아났다. 몽마르트르 언덕의 노천카페에서 비 오는 날 마시던 카푸치노 한 잔의 향기, 골목에서 만난 작은 인테리어 샵의 주홍빛 엔틱 조명, 올망졸망한 그릇이 맛있게 모여 있던 가게, 거리의 화가가 금방 그린 유화 그림이 걸려 있던 키 큰 이젤……. 마치 노트의 물성이 생물로 바뀌는 느낌이었다.

카를 구스타프 융이 자신의 인생은 무의식의 자기실현 역사라고 했다. 나 또한 노트를 사 모은 것이 작가가 되고 싶은 무의식이 투영된 것이고, 그것이 운명처럼 모닝 페이지를 써서 글쓰기 습관을 들인 게 아닐까 여겨진다. 인간의 본질은 습(習)이라고 한다. '익히다'라는 뜻의 습(習)을 한자를 풀어보면 어린 새가 날개(羽)를 푸드덕거려 스스로(自→白)날기를 연습하여 익힌다는 뜻이다.

글을 잘 쓰고 싶다면, 작가의 꿈이 있다면 모닝 페이지 쓰기로 글쓰기 습관을 만들면 좋겠다. 처음부터 많이 쓰려고 하지 말고 조금씩 양을 늘려가며 매일 쓰다 보면 글쓰기 습관이 저절로 들 것이다. 또 노트 사는 취미가 있다면, 한두 장만 쓰고 그냥 놔둔 노트가 많이 있다면 모닝 페이지를 꼭 써보라고 권하고 싶다. 자신도 모르는 무의식 속에 유예된 작가의 꿈이 있어서인지도 모르니까. 몸과 마음이 글쓰기로 채워지면 매일 아침이 굿 모닝이다.

# 2장

## 글쓰기와 행복하게 고군분투하다

제대로 된 글쓰기를 위해 필요한 것들

## 꾸준히 글을 쓰게 해주는 마법의 지도

어렸을 때부터 꿈을 꾸라는 얘기는 많이 들었다. 꿈을 꾸면 이루어진다고. 난 가끔 궁금했다. 도대체 어떻게 이루어진다는 건지. 이미지를 그려라, 구체적으로 꾸라는 말 앞에서도 어떻게 구체적으로 꾸라는 건지 궁금했지만 그 방법을 알 수는 없었다. 우연히 일본 작가 모치즈키 도시타카가 쓴《보물지도》라는 책을 보게 되었다. 꿈을 이루려면 꿈 제목을 쓰고, 그 꿈을 이루기 위한 세부 계획을 적어서 보이는 곳에 걸어두면 이루어진다고 했다. '흐릿한 소망'을 '명확한 이미지'로 바꾸고 매일 바라보면 우리의 뇌가 행동으로 이어지게 해준다는 것이었다. 바로 이거야! 눈이 번쩍 떠졌다.

친구 두 명에게 책을 소개하고 집으로 초대했다. 같이 꿈 지도를 만들어보기로 한 것이었다. 난 코르크 보드와 하얀색 모조지, 검정과 빨간색 매직펜, 알록달록한 색종이, 포스트잇을 준비했다. 여고 동창 셋이 우리 집 식탁에 둘러앉아 서로의 꿈에 관해 이야기를 나누고 있자니 여고 시절로 돌아간 듯 얼굴에는 홍조가 돌았다.

"내 꿈은 베스트셀러 작가 되기야!"

"너는 글씨를 예쁘게 쓰니까 여기다 써 줘."

"이 글씨는 빨간색으로 하는 게 좋겠지!"

마치 교실 환경미화를 하는 것 같았다. 미화부장을 했던 솜씨를 발휘해 보드에 꿈을 하나씩 적어 나갔다. 내 보드판에는 '베스트셀러 작가 되기'라는 제목과 함께 '매일 글쓰기, 일주일에 책 두 권 읽고 리뷰 쓰기. 블로그에 글 두 편 올리기'라는 세부 사항을 적었다. '베스트셀러 작가 되기' 제목 옆엔 세상에서 가장 행복한 얼굴로 웃고 있는 내 사진도 붙였다. 꿈을 이루고 난 뒤 그렇게 웃을 거니까. 그 옆에는 책이 나오면 출판기념회를 할 카페 사진도 붙였다. 마음속에는 '꼭 꿈을 이루고 말 거야, 나는 할 수 있어'라는 다짐을 심으면서. 이렇게 만든 꿈 지도를 거실 TV 옆에 세워 놓았더니 뭔가 거창해 보였다. 퇴근한 남편이 출근할 때는 없던 보드판이 TV 옆을 떡하니 차지하고 있자 유심히 보더니 말했다.

"베스트셀러 작가 되기? 에이, 베스트는 무슨, 셀러 작가나 되라!"

뼈 때리는 말이었다. 그렇지 않아도 뜬금없이 베스트셀러 작가가 되겠다고 공개 선언하는 게 너무 부끄러웠는데. 맞아, 베스트셀러 작가는 아무나 되나? 난 얼른 매직 펜을 들고 '베스트'라는 말에 괄호를 쳤다. 괄호를 치자 마음이 조금은 편해진 것 같았지만 시간이 지나자 이런 생각이 들었다. '뭐야, 셀러 작가나 되라고? 그동안 배우러 다니기만 하고 성과를 내지 못했어도 그렇지, 글쓰기를 우아한 취미 정도로 생각하는 모양인데 이번에는 뭔가 보여 줄 거야.' 꼭 이루고 싶다는 간절함이 기름 부은 장작불처럼 타올랐다. 남편뿐만 아니라 아이들에게도 '한다면 하는 엄마'라는 걸 보여주고 싶었다. 아무런 존재감이 없이 그냥 늙어가긴 싫다는 마음도 따라왔다. 이번에는 꼭 이루어내자고 마음을 다잡았다.

외국의 어느 동기부여 강사가 습관이 되고 안 되고의 문제는 5초 안에 몸을 움직이는가 아닌가, 라고 했던가. 아무 생각 없이 TV를 보려고 하다가도 '(베스트)셀러 작가 되기'라고 쓰인 보드판을 보면 몸이 스프링처럼 일으켜졌다. 대문짝만하게 써 놓은 꿈 제목 밑에 적힌 실천 사항을 매일 하나씩 실천에 옮길 수밖에 없었다. 이 길이 맞는 길인지, 괜한 일을 벌인 건 아닌지 자꾸 힘이 빠질 때도 '아니면 말고' 정신도 생겼다. 결국 4년 뒤 《엄마의 주례사》라는 첫 책을 냈고 친구 두 명도 꿈을 다 이뤘다. 더 신기한 것은 책 표지도 내가 마음속으로 생각해 놨던 디자인과 비슷했다.

꿈 지도를 통해 내 삶이 180도 달라지고 보니 글쓰기 수업할 때 꼭 꿈 지도를 만든다. 자신의 꿈이 무엇인지 탐색해보고 그 꿈을 이루기 위해 무엇을 해야 하는지 구체적으로 적어 보는 것이다. 그래야 삶의 방향이 잡히고 하나씩 이루어갈 수 있기 때문이다. 꿈 지도를 다 만든 후에는 발표하는 영상도 찍는데 그렇게 하면 실행력이 배가 된다. 꾸준한 글쓰기가 안되어서 힘들 때 꿈 지도는 마법처럼 그 위력을 발휘한다. 꿈 지도에 '작가 되기'라고 적었던 수강생들은 거의 기획출판으로 작가의 꿈을 이루었고, 계약이 진행 중인 사람도 있다. 꿈 지도는 꾸준히 글을 쓸 수 있게 도와주는 마법의 지도다.

미래에 대해 막막해하던 수강생들이 꿈을 향해 흔들림 없이 나아가는 걸 보면 꿈 지도는 삶의 내비게이션이라는 생각이 든다. 목표를 향해 가다가도 잠시 쉬거나 샛길로 빠질 때도 있지만 최종 목적지에 도착하게 해주니까. 꿈을 이루면서 행복하게 사느냐 아니냐는 목표를 적느냐 안 적느냐의 문제인 것 같다. 예일 대학교에서 목표를 적은 3% 학생을 20년 지난 뒤 조사해봤더니 97%의 학생보다 행복감이 훨씬 높았다고 한다. 비슷한 교육 환경에서 시작했어도 시간이 지난 후에는 전혀 다른 결과를 가져오는 것이었다. 꿈 지도를 만들고 난 느낌을 한 수강생은 이렇게 표현했다.

"꿈 지도를 만들고 났더니 머릿속에 전등이 켜졌다. 무엇을 해야 할지 막막했는데 할 일을 알려주는 것 같았다. 예전에는 불가능한 것을 해보겠다고 씨름하는 것은 아닌지, 원하면서도 마음처럼 되지 않아 실망하고 절망하기를 반복했는데……. 나는 이제 지도를 따라 걸으면 된다."

이 수강생도 언젠가는 작가가 되어 자신의 재능을 마음껏 펼칠 날이 꼭 올 거라 확신한다. 난 아마도 글쓰기 수업을 계속하는 한 꿈 지도 그리기를 계속할 것이고, 꿈 지도 전도사로 살 것 같다. 예전의 나처럼 왜 달리는지도 모르고 바쁘게만 살아가는 사람들이 글을 쓰면서 삶의 방향을 찾아 꿈을 이루면서 살길 바라서다. 그나저나 나는 왜 '베스트셀러 작가 되기'라는 꿈 제목의 '베스트'에 괄호를 쳤을까? 괄호만 안 쳤어도, 괄호만 안 쳤어도…….

## 글이 안 써질 때는 프리하게 프리라이팅

"글을 쉽게 쓰는 방법, 딱 하나만 고른다면 뭘까요?"

언젠가 한 수강생이 물었다. 난 바로 대답했다. 프리라이팅이라고. 다시 생각해봐도 이 대답이 옳았던 것 같다. 프리라이팅이란 의식의 흐름대로 그냥 써나가는 기법이다. 끊임없이 변화하는 인간 뇌 상태의 순간을 잡아채 써나가는 것인데 뇌 힐링이라고도 한다. 글쓰기를 배울 때 난 프리라이팅으로 글쓰기 습관을 들였다. 아침에 일어나자마자 생각나는 대로 마구 써나갔다. 글은 쓰면 쓸수록 속도가 붙었고, 어딘가에 숨어 있던 생각과 글감들이 새롭게 생겨났다. 어디서 그 많은 생각이 쌓여있었는지 나 조차도 놀랄 지경이었다. 글을 잘 써야 한다는 강박증과 자기검열 없이 쓰는 데만 집중할 수 있어서 나 자신을 옭아매고 있는 것들을 벗어나 흐름대로 쓸 수 있었다. 쓰는 행위에만 몰입하자 긴장이라는 끈에 매여 있던 나를 자유롭게 풀어놔 줬다.

그래서였을까. 쓰면 쓸수록 자꾸 쓸 말이 기하급수적으로 늘어났다. 생각들이 쑥쑥 머리를 밀고 올라와서 토해내듯이 써졌다. 글쓰기의 두려움도, 머릿속에 떠돌던 복잡한 생각들이 정리되고 새로운 아이디어가 솟아났다. 내게 프리라이팅은 경직된 마음을 말랑하게 풀어주었고 답답했던 머릿속을 환기시켜 줬다. 프리라이팅을 하고 있다는 게 신이 나서 잠자리에 들면 빨리 아침이 왔으면 좋겠다고 소풍 가기 전날의 아이처럼 설레곤 했다. 나는 점점 프리라이팅의 매력에 빠져들었다. 생각이 많아 잠이 안 올 때나 스트레스가 심할 때도 활용하곤 했다. 남편과 한바탕 부부 싸움 한 날, 이유 없이 기분이 착 가라앉는 날, 세상에 나 혼자인 것 같을 때 프리라이팅으로 감정을 풀고 나면 한결 기분이 나아졌다.

프리라이팅을 하다 보니 글이란 자신도 모르게 몸속의 신경이나 근육, 간세포에 촘촘하게 박혀있던 이야기들을 밖으로 꺼내 확장해 나가는 거구나 싶었다. 손이 쓰는 거지만 어쩌면 몸 전체가 쓰는 건지도 모른다는 생각도 들었다. 잘 쓰겠다는 마음 없이, 생각나는 대로 휘리릭 쓰던 맛, 무의식이 밖으로 나와 나를 발견하는 순간, 어? 내가 봐도 좋네, 내가 쓴 거 맞아? 하는 희열이 온몸을 감싼다. 그 순간의 희열을 어찌 다른 것과 비교할까. 마구 자유롭게 쓰다 보면 마음도 한없이 자유로움을 느낀다. 쓰기의 괴로움을 즐거움으로 바꿔주는 작은 기적, 프리라이팅의 힘이다.

프리라이팅이 좋아서 수업할 때도 꼭 10분 글쓰기를 한다. 휴대전화 시계로 10분을 맞춰 놓은 뒤 첫 문장을 주고

"준비, 시작!"이라고 외친다. 그러면 강의실 안은 종이에 펜이 지나가는 소리만 들릴 뿐 고요하다. 그녀들의 옆모습을 지그시 바라보고 있으면 슬며시 미소가 지어진다. 한 번도 가보지 않았던 자신 내면의 오지를 여행하고 있는 그녀들이 너무 예쁘고 사랑스러워서다. 10분이 지난 후 휴대전화 알람이 울리면 각자 펜을 놓고 자기가 쓴 글을 돌아가면서 읽는다. 10분이라는 제한된 시간 안에 힘을 빼고 쓴 글이라 훨씬 진정성이 있고 말랑말랑해서 좋다. 생각해보지 않았던 주제를 주니까 무의식 속에 있는 것들이 몸을 뚫고 와르르 다 빨려 나오는 것도 신선한 재밋거리다. 소름이 오소소 돋을 만큼 짜릿한 전율이 나는 문장이 나올 때는 이게 프리라이팅의 맛이지, 싶다. 시간이 갈수록 10분 동안 쓴 글이라고는 믿어지지 않을 만큼 좋은 글이 나온다. 그래서인지 수강생들은 종강을 하면 프리라이팅 시간이 제일 그립다고 한다.

프리라이팅 기법으로 쓴 책도 있다. 버지니아 울프의 자전적 소설인 《등대로》. 《등대로》는 줄거리가 없는 소설인데다 의식의 흐름대로 쓴 책이라 맥락을 잡기가 어렵다. 그렇지만 다양한 상징과 비유, 등장 인물 의식의 흐름을 좇아가며 읽는 재미가 있다. 울프는 가족사가 얽힌 이 책을 쓰면서 엄마에 대한 강박에서 벗어났다고 한다.

책의 초고를 쓸 때 프리라이팅으로 쓰면 좋다. 나 역시 작년에 소설을 쓸 때 프리라이팅으로 썼다. 마감 시간이 20일밖에 남지 않은 상황이어서 질보다 양으로 어떻게든 한 권을 쓰자고 마음먹었다. 30분짜리 모래시계를 거꾸로 세우고 자판을 튕기듯 써나갔다. 나중에 퇴고할 생각이었으므로 부담이 없어서 손가락이 춤추듯 써졌다. 초고는 이미 쓴 글을 보지 않고 앞으로만 나가야 한다는 원칙이 있다. 그 원칙을 지키며 잘 써야 한다는 마음 없이 자판을 두드리니 쓰는 재미가 났다. 멈칫멈칫하며 멈추던 손에 가속도가 붙어 쉽게 써졌다. 이렇게 쉽게 쓸 수 있는데 그동안 나는 '글을 쓰고 싶다'와 '쓰고 싶지 않다'의 진자 운동만 했던 건지 안타깝기도 했다. 프리 라이팅으로 초고를 쓰고 났더니 소설의 뼈대가 잡혔고 무엇이 부족한지 전체적인 감을 잡을 수 있었다.

짧은 시간에 뼈대를 잡을 수 있다는 게 좋아서 이 책의 초고도 프리라이팅으로 썼다. 3주 동안 쓰고 났더니 뭔가 해냈다는 성취감과 무엇이 부족한지 알게 되어서 뿌듯했다. 써야 할 글이 있다면 일단 자유롭게 써보자. 그래야 다음 단계로 갈 수 있다. 써야지, 생각만 하고 쓰지 않으면 머릿속만 더 복잡해질 뿐이다.

프리라이팅으로 초고를 쓴다고 했더니 어느 수강생이 몇 번이나 퇴고하느냐고 물었다. 《여름의 흐름》으로 아쿠타가와상을 탄 소설가 마루야마 겐지는 최소 7번 고치라 하고, 《7번 읽기 공부법》의 저자인 야마구치 마유도 여러 번 자주 보는 게 효율적이라고 7번을 강조한다. 하지만 난 '나무에게 미안하지 않을 만큼 고치자'는 마음으로 고칠 수 있을 때까지 고친다. 글을 계속 수정하다 보면 속이 메스껍고 울렁거리는 때가 오는데 그때가 마칠 때다. 퇴고라 쓰고 토고라 읽는다는 딱 그 순간이다. 글이 안 써질 때는 프리라이팅으로 프리하게, 퇴고는 엄격하게 토하기 직전까지.

## 닥치고 써보면 알게 되는 것

'글에 대해 뭘 좀 알고 써보자.'

글쓰기가 뭔지도 모르고 자서전을 쓰고 났더니 든 생각이었다. 사적인 게 아닌 독자가 공감하는 글을 써보고 싶은 거였다. 쉰이 넘은 나이에 글쓰기를 배워도 될까 망설이고 있던 내게 신문에 실린 신간 코너의 책 제목이 쏙 들어왔다. 《늦지 않았다》. 책을 사서 읽어봤더니 한명석 작가도 쉰 이후에 글쓰기를 시작해서 3년여 만에 첫 책을 낸 거였다. 운명일까. 작가가 여자인데다 같은 50대여서 왠지 친밀감이 들었다. 늦지 않았으니 지금 당장 시작해보는 게 어떠냐고 손을 내밀어 주는 것 같았다. 그 책에 첫 리뷰를 남기고 작가가 처음으로 진행하는 글쓰기 수업에 갔다. 3, 40대 10여 명이 모였는데 50대인 사람은 나 혼자였다. 기초 과정과 심화 과정, 책 쓰기 과정까지 열심히 듣고 과제를 수행하며 글쓰기의 틀을 잡아갔다.

글쓰기를 늦게 배우는 만큼 선생님 말씀을 하나도 놓치지 않으려고 애썼다. 과제를 내주면 카페에 제일 먼저 글을 올렸다. 나이가 많으니까 나이 값을 해야 한다는 마음도 있었다. 선생님은 내 글이 수강생 중에서 제일 많이 늘었다고, 열심히 쓰는 사람은 다르다며 칭찬해 주셨지만, 그보다 더 좋았던 건 한마디였다. "무조건 써라."

이 말이 아니고 빨간펜식 피드백을 받았더라면 난 중도에 포기했을지도 모른다. 글쓰기 책을 너무 많이 본 탓에 내 머릿속에는 온통 '이렇게 쓰면 안 된다', '저렇게 쓰면 안 된다'라는 말만 가득해서 잔뜩 주눅이 들어있어서였다. 글쓰기 이론 책은 많이 보면 볼수록, 자신의 글쓰기 단계에 맞지 않는 책을 보면 볼수록 직접 써보는 걸 방해하는 듯했다. 무조건 쓰라는 말에 힘입어 매일 꼬박꼬박 글을 써서 카페에 올리고 100일 프로젝트도 혼자 완주했다. 만약 무조건 쓰지 않았더라면 난 지레 질려서 자신감을 잃고 포기했을 것이다.

사실 그때 수업에서 난 내 글의 문제가 무엇인지 빨간펜식 피드백을 원했다. 국어 공부는 학교 다닐 때 배운 게 다여서 제대로 된 글쓰기 공부를 하고 싶어서였다. 기본적인 문법이나 문장은 어느 정도 알고 있었지만, 문장력이 늘 부족하다고 생각했다. 나중에 깨달은 일이지만 글쓰기는 쓰는 것을 통해서만 배울 수 있다는 말이 진실이라는 거였다. 글을 많이 써보니까 누가 일일이 가르쳐주지 않아도 내 글이 뭐가 문제인지 잘 보였다. 무조건 쓰는 과정을 온몸으로 겪고 내 손으로 고쳐가면서 글을 써야 내 주제를 찾는 단계로 넘어가기가 수월한 거였다. 그때의 경험을 거울삼아 글쓰기 수업에서 늘 강조한다.

"무조건 닥치고 써라."

글을 못 쓰는 이유를 대자면 100가지도 넘지만 일단 많이 써보는 게 중요하다. 언젠가는 글을 써보겠다고 골백번 생각하는 것보다 한 자라도 쓰는 게 낫다. 그렇기에 난 수강생이 글을 잘 쓰는 것보다 많이 쓰는 걸 칭찬하고, 많이 쓰는 것보다 짧게라도 매일 쓰라고 권한다. 피드백할 때도 문장 하나하나의 문법이나 묘사가 부족한 부분을 지적하기보다 글의 흐름 위주로 본다. 여러 번 반복해서 읽고 추상적인 문장은 구체적으로, 빼도 좋을 문장이나 어색한 문장을 표시해준다. 일명 파란펜식 피드백이다. 글은 닥치고 써서 큰 틀을 만들고, 수정하고 또 수정하는 세부 작업을 거치면 훨씬 쉽다.

난 글을 처음 배울 때 수정하는 걸 별로 좋아하지 않았다. 고치다 보면 나의 첫 생각이 날아가는 게 아쉬워서였다. 첫 마음은 글을 쓰기 위한 마중물이 되는 것이고, 독자가 공감하는 글이 먼저라고 생각하니 그런 마음이 서서히 없어졌다. 그 대신 초고를 삭제하지 않고 파일에 저장해 놓았다가 수정한 글과 비교해보면서 마음에 드는 문장이 있으면 가져다 썼다. 수정할 때는 파일에 '수정 1', '수정 2' 식으로 저장하면서 쓰면 나중에 다시 보고 필요한 문장을 가져다 쓰기 좋다. 글은 닥치고 쓰고 고치는 만큼 는다. 계단식으로 발전하는 게 아니라 지지부진한 상태를 유지하다가 축적된 만큼 어느 순간 폭발적으로 느는 것이다. 초고부터 완성도에 집착하게 되면 글을 계속 쓰기가 어렵다.

글쓰기는 마치 조각가가 커다란 돌덩어리를 수천 번 깎고 다듬어 작품을 탄생시키는 것과 같다. 어느 유명 작가는 퇴고하고도 출판사에 보내기 직전까지 10번 이상 고친다고 해서 놀랐다. 유명 작가도 퇴고하는 시간을 이렇게 많이 가진다고 하니 무조건 닥치고 쓰고, 고치면 된다. 그런 다음 한 가지 주제를 갖고 꼼꼼하게 쓰는 단계로 넘어간다. 쓰고 나서 남의 좋은 글을 읽는 건 도움이 되지만 쓰지도 않고 남의 글만 부러워하면 쓰고 싶은 마음은 저 멀리 달아난다. 글쓰기 책만 열심히 보는 것도 직접 써보지 않으면 별 도움이 되지 않는다. 그러니 무조건 닥치고 쓰고 좋은 글과 비교하면서 즐기면 된다.

나는 닥치고 쓰고 나서 조간신문의 오피니언 페이지를 꼼꼼하게 읽으며 쓰는 연습을 했다. 글이 어떤 흐름으로 쓰였는지 유심히 보고 마음에 드는 구절이 있으면 파일에 저장했다. 그런 다음 모르는 단어, 시사 용어가 나오면 인터

넷 사전 검색으로 찾아봤다. 내가 붙인 이름은 '검색어 놀이'다. 검색어 놀이는 몰랐던 것을 알게 되었을 때의 즐거움, 새로운 것을 발견해 냈을 때의 기쁨이 배가 되었다. 칼럼을 보면서 글을 잘 쓰는 사람은 역시 디테일을 놓치지 않는구나, 좋은 글은 디테일에 있다는 걸 알게 되었다. 칼럼의 글이 촉매제가 되어 한 편의 글을 후딱 쓰기도 했다. 글을 잘 써서 작가가 되는 것도 좋지만 놀이처럼 즐길 수 있다면 더 좋지 않을까.

작가의 꿈을 꾸면서도 과연 할 수 있을까 반신반의하는 사람들에게 속삭여주고 싶다. 생각만 하지 말고 한 줄이라도 쓰라고. 《늦지 않았다》라는 책을 쓴 선생님을 바라보며 나도 할 수 있겠다고 생각했듯이 쉰이 넘어 시작한 나도 해냈으니, 그대는 더 잘 해낼 수 있다고. 절대로 늦지 않았다고!

"작가가 되고 싶은데 책을 많이 안 읽어서……."

"책을 많이 안 읽어서 글을 못 쓰겠어요."

"글을 쓰게 될 줄 알았다면 책을 많이 읽어둘 걸 그랬어요."

수강생들에게 자주 듣는 말이다. 이런 말을 들을 때마다 난 괜찮다, 지금부터 하면 된다며 효과적인 독서법을 알려준다. 예전에 나도 글쓰기를 배우면서 내 독서량이 너무 형편없어서 좌절했던 경험이 있었기 때문이다. 학창 시절에는 교과서 사는 것도 겨우겨우 마련해야 하는 형편이어서 집에는 오빠가 보던 참고서가 책의 전부였다. 그나마 학교 도서관에서 빌려 읽은 책이 있었지만 기억나는 건 몇 권 되지 않는다. 성인이 되어서 책을 가까이 하긴 했지만 독서량이 턱없이 부족해서 늘 아쉬웠다.

글쓰기란 독서를 통해 얻은 지식과 내 생각이 버무려져서 표현되는 일인데 난감했다. 생각이나 깨달음이 별로 깊지 않은 것 같아 어떻게든 독서량부터 늘려야겠다고 생각했다. 하루에 서너 권씩 전투적인 독서를 했다. 글쓰기 책, 자기 계발서, 인문서, 고전 등 닥치는 대로 읽었다. 외출할 때 깜빡하고 휴대전화를 놓고 나가면 그냥 가도, 책을 빠트렸을 때는 다시 문을 열고 들어가 가지고 나왔다. 책 읽는 시간을 확보하려고 일부러 지하철을 타고 다녔다. 지하철 안에서 어찌나 집중해서 읽었던지 내려야 할 역을 놓쳐서 개찰구를 나갔다가 다시 들어온다거나 노선을 반대로 타서 되돌아오길 수없이 반복하기도 했다.

그러다가 독서에 대한 고정관념을 깼다. 책은 깨끗이 읽어야 하고, 처음부터 끝까지 읽는 걸로 알았는데 그렇게 하지 않았다. 책을 보다 느낀 문장이나 마음을 슬쩍 건드리는 문장이 있으면 책 귀퉁이를 접는다거나 밑줄을 쳤다. 그 옆에 내 생각을 깨알같이 적어 놓았다가 나중에 찾아보기 쉽게 속표지 부분에 키워드와 페이지를 적었다.

또 책의 목차를 보면서 글 쓰는 데 필요한 건 꼼꼼하고 세심하게, 필요하지 않은 건 설렁설렁 읽고 넘어갔다. 필요한 부분만 집중적으로 읽다가 좋은 문장이나 명언, 속담 등이 있으면 밑줄 그어 놓았다가 필사해서 파일을 만들었다. 글을 쓸 때 파일을 열어 인용하거나 참고하기 좋았다. 책에 밑줄 긋고 메모도 한 탓에 중고 책으로 팔 수 없다는 단점이 있었지만, 파일에 문장이 쌓일수록 독서를 많이 하지 않았다는 자괴감에서 조금씩 벗어났다. 나중에 알고 보니 이게 가장 좋은 독서법이라고 어느 책에 나와 있었다. 헐!

김정운 작가는《에디톨로지: 창조는 편집이다》라는 책에서 "정말 재미있는 책은 다 읽지 말라고 해도 끝까지 읽게 된다. 그러나 억지로 책을 다 읽다 보면 내 생각은 중간에 다 날아가 버린다. 읽어야 할 자료도 산처럼 쌓여있다. 어찌 모든 책을 처음부터 끝까지 다 읽을 수 있겠는가……. 그래서 책 앞부분에는 목차가 있고, 책 맨 끝에는 '찾아보기'와 같은 형식이 있는 것이다."라고 했다. 난 맞아, 맞아 하며 격하게 동의했다.

어떤 작가는 독서 할 때마다 감동적인 문구에 자를 대고 밑줄을 긋는다고 한다. 새로운 사실을 알려주는 문구는 파란색, 곱씹어야 하는 문구는 빨간색, 다시 되새겨봐야 하는 문구는 검은색 펜으로. 무턱대고 읽는 게 아니라 자신에게 맞는 방법을 찾아 효과적으로 읽으면 잘 쓸 수 있다. 책을 많이 읽은 사람이 글을 꼭 잘 쓰는 건 아닌 것만 봐도 어떻게 읽느냐가 얼마나 중요한지 알게 된다.

전투적인 독서를 하면서 나도 이런 글을 쓰고 싶다, 언젠가는 이런 책을 내고 싶다는 마음이 든 책은 김원 작가가 쓴《좋은 건 사라지지 않아요》라는 책이었다. 부제가 '당신이 잊고 지낸 소중한 것들에 관한 이야기'인데 짧은 수십 가지 일상 이야기들이 캘리그래피와 사진으로 아름답게 채워져 있었다. 첫 장을 열면 "당신에게 묻고 나에게 답하다"라는 문장과 "인생이란 언제나 질문과 대답의 연속이다. 좋은 질문은 늘 좋은 대답을 끌어낸다."라는 말이 나온다. 이 문장이 내 마음을 흔들었고, 늘 나에게 묻고 답을 찾아가면서 지금까지 잘 올 수 있었다. 10년이 훨씬 지난 지금도 나를 돌아보고 싶을 때마다 펼쳐 보곤 하는데 잠자고 있던 나의 감성이 살강살강 깨어나는 것 같다. 아직도 허둥거리며 사는 내게 천천히, 조금은 나태하게 살아 보라고 타이르는 것 같기도 하다.

"글을 잘 못 쓰는 사람은 붓 타박을 하고, 총 쏠 줄 모르는 사람은 총 타박을 한다."라는 속담이 있다. 책을 많이 읽지 않아서 글을 못 쓴다는 건 핑계다. 어떤 식으로든 자신의 글쓰기에 좋은 독서법을 찾아 효율적으로 읽으면 글쓰기에도 도움이 된다. 더 효과적인 독서법에는 리뷰를 쓰는 방법도 있지만, 좋은 문장을 키워드별로 메모해 놓으면 뇌가 정지한 것 같은 슬럼프가 왔을 때 아이디어를 얻을 수 있다. 이렇게 하지 않으면 아무리 많은 책을 읽고 좋은 문장을 발견했다 해도 휘발되어서 나중에 쓸 수가 없다.

독서가인 장정일 작가는 《장정일의 독서 일기》에서 "글을 쓰기 위해서는 부지런히 사고의 땔감을 주어 오고 그것을 태워 열량을 얻어야 한다. 그런 의미에서 책을 쓰는 사람은 늘 책을 가까이하는 독자가 될 수밖에 없다. 또 어떤 의미에서 그건 사회 환원과 같은 것이다."라고 했다. 작가의 열량도 얻고 독자로서 사회 환원도 하게 되는 독서. 독서량이 모자란다고 느낀다면 선택 독서로 더 많이 읽고, 읽은 만큼 쓰면 된다.

다독과 완독의 부담감에서 벗어나 하나를 읽어도 제대로 읽는 게 좋다. 마음속에 오래 남아 있는 책, 내 마음을 흔든 책을 천천히, 다시 또 읽고 곱씹어 가면서 밑줄 긋고 메모도 해서 갖다 쓰면 도움이 된다. 작가란 책만 많이 읽은 사람이 아니라 자신의 관심 주제에 맞는 책을 읽고, 책을 읽은 만큼 더 많이 쓴 사람이 아닐까. 물이 많아야 배가 높이 뜬다는 수장선고(水涨船高)라는 말처럼 제대로 많이 읽어야 좋은 글을 오랫동안 쓸 수 있다. 한 권을 읽더라도 제대로 읽자, 지금부터라도…….

# 차도 글도 막히면 답답한 병목현상

"글을 쓰고 싶은데 안 써져. 뭘 써야 할지 모르겠고."

"쓸 게 있는 것 같아서 책상에 앉으면 머릿속이 하얘져."

오랫동안 인문학 공부며 소설 공부를 해온 친구 진희가 푸념했다. 쓰고 싶다는 건 쓸 말이 있다는 것일 텐데 얼마나 답답할까 싶었다. 글도 자동차처럼 병목현상이 있다. 상습적으로 막히는 구간도 있고, 느닷없이 생기는 때도 있는데 이것만 잘 풀어주면 답답함이 어느 정도 해소된다.

글이 안 써지는 이유는 여러 가지가 있겠지만 첫 번째는 잘 써야 한다는 강박증이다. '눈은 높지만, 솜씨는 서툴다'는 뜻의 안고수비(眼高手卑)라는 말처럼 배우는 단계부터 잘 쓰려고 하니 안 써지는 거다. 다른 예술 분야는 그렇지 않은데 유독 글쓰기만은 처음부터 잘 쓰려고 욕심을 부린다. 아마 학창 시절에 일기를 검사받는다든가 작문 시간에 칭찬보다 지적을 많이 받아서가 아닐까 짐작해본다. 영화 <파인딩 포레스터>에서 은둔 작가인 포레스터가 흑인 청년 자말에게 글쓰기를 가르치면서 이렇게 말한다.

"생각은 나중에 해. 우선 가슴으로 초고를 쓰고 나서 머리로 나중에 다시 쓰는 거야."

포레스터의 말처럼 학교에서부터 일단 자유롭게 써보라고 가르쳤다면 어땠을까 싶다. 그랬다면 머릿속이 하얘

지거나 전문 작가들이 쓴 글을 비교하면서 나는 왜 이렇게 못쓸까, 한탄하지 않을 텐데.

나도 한동안 글이 막혀서 안 써지는 때가 있었다. 잘 써야 한다는 강박증이 아주 강할 때였다. 글쓰기 수업을 받을 때였는데 다른 멤버들은 잘 쓰는 것 같은데 나만 허접한 글을 쓰고 있는 것 같아 고민이 많았다. 매일 써도 별로 달라지는 게 없고 늘 그 자리여서 너무 답답하고 맥이 빠졌다. 글쓰기가 명상이라더니 명상은 무슨 명상? 의식의 밑바닥까지 드러내면 마음이 정화된다더니 스트레스가 더 쌓이기만 하는데? 모두 다 거짓말처럼 느껴졌다. 글 쓰는 삶을 살아 보리라 마음먹었을 때는 훤히 보이던 길이 뚝 잘려져 나간 것 같았다.

글 쓰는 일과 잠시 떨어져 봤다. 여행을 가고 음악도 들으면서 전혀 다른 일을 하다 보니 마음에 여유가 생겨서인지 두루뭉술하던 생각이 훨씬 구체적이고 명료해졌다. 그때 바로 글을 써서 카페에 올렸더니 글이 좋다는 반응이 많았다.

글이 안 써지는 두 번째 이유는 내 안에서 쓸 이야기가 정리가 안 되어서다. 쓸 주제가 확실할 때, 좋은 생각이 불현듯 떠올랐을 때 힘들이지 않아도 잘 써지던 경험을 떠올려보면 쉬울 것이다. 글쓰기는 생각을 쓰는 일이라 생각 정리가 제대로 안 되면 앞으로 나가기 어렵다. 생각이 분명하게 정리됐을 때 비로소 딱 맞는 단어와 문장이 떠오르기 때문이다. 생각이 정리되고 나서 쓴 다음 고치고, 숙성시킨 뒤 다시 고치면 퍼즐처럼 딱 들어맞는 절묘한 순간이 온다. 그 쾌감 때문에 글쓰기 힘들어도 계속 쓰는 거라 해도 틀린 말은 아니다.

생각 정리가 안 돼서 글이 잘 안 써질 때는 글의 마침표를 찍기보다 마음의 쉼표를 찍는 게 좋다. 억지로 쓰지 말고 멈춰 있다가 마음의 여유를 찾은 뒤 다시 쓰라는 것이다. 쓰다 멈춘 글은 삭제하지 말고 파일에 정리해 둔 뒤 나중에 다시 쓰면 신기하게도 잘 써지는 경우가 많다. 몇 줄이라도 써놓은 글은 자신도 모르는 사이에 뇌가 매듭을 짓기 위해 노력하기 때문이라고 한다. 글은 써두면 언제든 쓸 수 있어서 버릴 게 하나도 없다.

세 번째 이유는 글감을 너무 거창하거나 먼 데서 찾기 때문이다. 일상생활을 하면서 있었던 일이나 본 것, 느낀 것을 풀면 조금 쉽게 글감을 찾을 수 있다. 글감이란 뭔가 특별한 이야기여야 한다고 생각하기 쉽지만 사실 일상 속에서 찾아낸 이야기에 의미를 붙여 쓴 글을 독자들은 더 좋아한다. 글을 쓰겠다고 마음먹고 사람이나 주변 풍경, 책, SNS 등을 자세히 살펴보면 마음에 들어오는 게 있다. 마음에 들어왔다는 것은 내가 관심이 있다는 것. 그것을 한 단어나 짧은 문장으로 메모해 놓았다가 글감으로 쓰면 된다.

난 길을 가다가도 생각나는 것이 있거나 광고판 문구, 혹은 누군가가 하는 말이 인상적이라고 느낄 때 메모해서 휴대전화 메모장이나 카카오톡 내게 보내기 기능을 이용해 저장한다. 책을 읽다가도 좋은 문장이 나오면 메모하거나 사진을 찍어두고 나중에 파일에 정리해 놓는다. 그러면 아이디어가 떠올라서 글을 쓸 때 가져다 쓰기 좋다. 좋은 글이란 주변에 흩어져 있는 것들을 호기심을 갖고 관찰해서 내 생각을 얹는 일이라 쓰는 과정을 통해 완성된다.

네 번째 이유는 하고 싶은 말이 너무 많아서 횡설수설하거나 주제가 자꾸 삼천포로 빠지는 경우다. 하고 싶은 말을 한꺼번에 다 하겠다고 마음먹었을 때 오는 참사다. 글쓰기 수업에 오는 수강생 중에 이런 글이 제일 많은데 상습적 병목 구간이다. 이럴 때는 하나의 꼭지 글에는 하나의 메세지만 넣어라, 하고 싶은 말이 뭔지 한 줄로 쓰고 나서 시작하라고 조언해준다. 처음에는 어려워하다가 시간이 지나면 한 가지 주제로 매끄럽게 잘 쓴다. 이 네 가지만 잘 넘어가도 글의 병목현상은 대부분 해결된다.

이 원고를 쓰면서 나도 자주 멈춰 있었다. 명색이 글쓰기 선생인데 더 잘 써야지, 하며 욕심을 부려서였다. 선생이라는 타이틀은 잊고 힘을 빼고 쓰자, 내가 언제는 뭐 완벽한 상태에서 책을 냈었나, 하고 마음먹었더니 다시 써지기 시작했다. 그렇지만 4년 만에 쓰는 책이어선지 너무 힘들었다. 작가라면 적어도 2년에 한 권 정도는 책을 내는 게 좋지 않을까 싶었다. 글쓰기는 기술이어서 계속 쓰다 보면 조금 수월해지기는 하지만 그렇다고 늘 잘 써지는 건 아니다. 잘 빠지던 길도 느닷없이 차가 막혀서 가다 서기를 반복하는 것처럼 글도 마찬가지다. 써졌다 안 써졌다, 안 써졌다 써지기를 반복하는 게 글이라는 것만 알아도 한 발 나아간 것이란 사실. 그러니 너무 실망하지 말고 꾸준히 써 보길!

운이 좋았다. 기획서 한 장 보내지 않고 출간 계약을 했으니까. 그렇지만 그 운은 계약까지였다. 출판사로부터 '나이 든 여자로 사는 즐거움'이란 콘셉트에서 '나이'라는 단어가 부정적이라 책을 내기 어렵다는 통보를 받았다. 지금은 내 나이가 어때서, 라며 오히려 자연스럽게 받아들이는 추세지만 십여 년 전만 해도 아주 부정적이던 때였다. 계약하자고 먼저 제안할 때는 언제고 인제 와서 콘셉트가 안 맞는다니 출판사의 입장은 이해되었지만 난감했다. 출간 계약했다고 동네방네 소문을 내놨는데 어떻게 하지! 계약 해지 위기에서 답을 찾지 못한 채 머릿속은 복잡하고 잠도 안 왔다. 나이 들어도 즐겁게 살 수 있다는 걸 알려주는 책을 쓰려다가 우울한 여자로 늙어갈 지경이었다. 초조한 시간만 흘러갔다.

화불단행(禍不單行). 불행은 한꺼번에 온다더니 출간을 주도했던 편집팀장이 출산 휴가를 갔다. 난 한순간에 낙동강 오리알, 지붕만 쳐다보는 암탉, 엄마 손을 놓쳐버린 아이 신세가 되었다. 초보 저자인 나에게 아무도 관심을 주지 않았지만 그나마 편집부 대리와 가끔 만나 콘셉트 이야기를 나눌 수 있어서 숨통이 좀 트였다. 계약 해지 될지도 모르는 현실에서 어떻게 해서든 '쨍한' 콘셉트를 내놔야 했다. 밤낮 가리지 않고 책을 보고 서점에도 가보면서 콘셉트 잡기에 집중했다. 자다가도 콘셉트가 생각나면 벌떡 일어나 메모를 했다. 캐나다에 유학 중인 딸의 유학 이야기는 어떨까? 부부가 함께하는 여행책은? 은퇴 앞둔 남편을 내 편으로 만드는 법은? 콘셉트가 생각날 때마다 목차와 서너 편의 꼭지 글을 써서 편집부장에게 메일을 보냈다.

답장을 기다리는 마음은 하루가 3년 같았는데 기껏 돌아오는 답은 NO, NO, NO! 가느다란 한 줄기 희망조차도 절망으로 변할 때면 더 막막해지고 자존심도 상했다. 내가 무슨 부귀영화를 누리겠다고 이러는 걸까, 책을 내야 꼭 행복한 건 아닌데 이렇게까지 해야 하나, 책을 낸들 누가 돈 주고 사 보겠어, 하는 부정적인 생각이 점점 나를 잠식했다. 그러다 보면 내가 나에게 묻고 대답했다.

"이번에 출간하지 못하면 글을 영영 쓰지 못할 텐데, 괜찮겠어?"

"안돼. 출판사는 내 책을 안 내도 될지 모르지만 난 아니야. 끝까지 해볼 거야."

글을 쓰지 못한다는 건 그동안 만들어 놓은 나의 작은 세상이 한순간에 무너지는 일이었다. 아무리 생각해도 그럴 수는 없었다. 어떻게든 책을 내야 한다고 생각했다.

내 사정을 알 길 없는 주위 사람들은 만날 때마다 물었다. "책 나온다더니 언제 나와? 왜 소식이 없어?" 내게 관심이 있어서 물어보는 말이었지만 부담이 됐다. 사람들은 대부분 책이 시간만 되면 아기 낳는 것처럼 순풍, 나오는 걸로 안다. 한 권의 책이 나오려면 기획부터 시장 흐름까지 봐야 한다는 걸 길게 설명해야 했다. 설명해야 하는 횟수가 점점 늘어날수록 초조했다. 매일 기도하는 마음이었다. '콘셉트야, 나 좀 도와주면 안 되겠니? 어서 좀 나타나주라!'

그즈음 일본에서 직장을 다니던 딸이 동일본 대지진이 일어나는 바람에 한국 지사로 발령받아 귀국했다. 일이 좋다며 결혼할 마음이 없다던 딸이 느닷없이 결혼해야겠다고 하더니 소개팅을 하러 다녔다. 유학 가서 15년 동안 떨어져 사느라 엄마로서 해줄 말도 제대로 못 했는데 어느 날 결혼할 남자를 데려온다면? 고개가 절로 가로저어지면서 할 말이 폭포수처럼 쏟아졌다. 결혼 앞둔 딸에게 해줄 말을 써보자. 유레카!

콘셉트에 확신이 생기자 글이 술술 써졌다. 마치 칼날 위를 걷는 무녀처럼 신들린 듯 10꼭지를 써서 편집부장에게 보냈다. 메일을 보내도 며칠씩 답이 없어 애를 태우던 부장이 이번에는 바로 연락을 해왔다. 콘셉트도 좋고 샘플 글도 좋으니 그대로 가자는 것이었다. "빠바바밤, 빠바바 밤!" 베토벤의 운명 교향곡 앞부분이 귓가에 크게 들리는 것 같았고, 온갖 축포가 내게 쏟아지는 것 같았다. 신혼이었던 팀장이 아이를 출산하고 그 아이가 돌이 다 될 때까지 콘셉트가 안 잡혀 고민했는데 비로소 쓰는 사람으로 살 수 있는 첫발을 내딛게 된 것이었다.

콘셉트를 잡는 것까지가 힘들지 그다음은 일사천리였다. 결혼 앞둔 딸에게 말해줄 키워드를 크게 남편, 자식, 휴식, 관계, 나로 잡고 목젖 위까지 올라오는 말을 게우듯 글을 썼다. 잊고 지냈던 이야기와 별로 생각해보지 않았던 이야기가 딸려 나오고, 새로운 문장도 튀어나왔다. 쓰는 즐거움이 점점 더 생기자 카타르시스까지 느껴졌다. 글을 쓰다 멈추는 게 싫어서 화장실 가는 것도 참고 쓰다가 아랫배가 터질 것 같은 순간에서야 화장실로 갔다.

그때서야 난 아, 글쓰기의 임계점을 넘었구나 생각했다. 물이 100도가 되면 끓어서 기체 상태로 변하는 임계점의 법칙이 글쓰기에도 있다는 걸 처음으로 느꼈다. 내가 하고 싶었던 말이 내 안에서 액체 상태로 고여 있다가 혈관을 타고 흘러 마침내 기체가 되어 손가락으로 빠져나오는 것 같았다. 콘셉트를 찾아 헤매면서 쓰고 또 쓰고 수정하는 과정에서 아주 많은 양의 글을 쓰다 보니 나도 모르게 글 실력이 는 것이었다. 콘셉트를 세 번이나 바꾸며 쓰는 과정에서 글의 양이 질로 바뀐 것이다.

계약하고도 출판사가 혹하는 콘셉트를 못 잡고 지리멸렬하게 보냈던 1년 6개월. 글쓰기를 제대로 배운 습작 시간, 목표를 향해 꾸준히 걸어가며 나를 연마한 시간이었다. 몸을 통과한 언어는 오래가고, 나만의 언어는 결코 나를 실망하게 놓아두지 않는 법이었다. 인생의 교훈은 성공했던 것이 아니라 실패했던 것 속에 담겨 있다더니 계약 해지의 갈림길에서 뜻밖의 인생 공부를 한 것이었다. '담쟁이'라는 시의 "어쩔 수 없는 벽이라고 우리가 느낄 때 그때 담쟁이는 말없이 그 벽을 오른다."라는 구절처럼 난 담쟁이처럼 벼랑 끝을 기어 올라갔다. 끈질기고도 푸르게, 푸르게…….

# 쓸 말이 찰랑찰랑 차오를 때까지 기다려야 하는 이유

"너무 절박해 보이는 게 문제에요, 좀 더 편안해졌으면 좋겠어요."

가수 박진영 씨가 오디션 프로그램에서 몸에 힘이 잔뜩 들어간 참가자에게 한 말이다. 그는 독설 대신 좋은 말로 조언하거나 위로의 말을 건네는 명언 제조기다. 나는 그의 말 하나하나를 메모도 하고 신문에 난 기사를 스크랩해 두기도 했는데 글쓰기와 아주 흡사하다는 생각이 들어서였다. 그는 빡빡하게 짠 하루 계획표대로 생활한다고 한다. 어떻게 그럴 수 있느냐고 묻자, "바이올리니스트가 바이올린을 관리하듯 저도 제 몸을 관리하는 것"이라고 했다. "재능이 있는 사람이 아닌, 매일 자기 자신과 싸워서 이길 수 있는 사람이 꿈을 이루는 거다"라고 할 때는 역시 성공할 수밖에 없는 사람이구나 생각했다.

나는 TV는 잘 안 봐도 오디션 프로그램은 가끔 보는데 심사위원들이 공통으로 하는 말이 있다. 참가자가 의욕이 너무 앞서서 노래에 힘이 들어간다는 것이었다. 힘이 들어가면 노래가 자연스럽지 않다는 것이었는데 책 쓰기도 마찬가지다. 책을 빨리 내려고 하거나 잘 쓰려고 하면 할수록 글에 힘이 들어가고 딱딱해진다. 흔히 뭐든 절실해야 이루어진다지만 책 쓰기는 절실함보다 물 흐르듯이 자연스럽고 편안해야 한다. 너무 절실하면 균형을 잃고 한쪽으로 쏠릴 수 있기 때문이다. 그래서 난 글쓰기 수업할 때마다 강조한다. 절실한 건 좋지만 편안하게 생각하면서 책 쓰는 과정을 즐기라고.

내가 첫 책을 준비하면서 가장 힘들었던 것도 절실함만 있어서였다. 출간 계약을 했다는 말이 빈말이 되지 않도록 해야 한다는 생각이 너무 절실하다 보니 불안감과 조급증을 불러왔다. 계약이 해지 될까 봐 불안했고, 빨리 내야 하는데 너무 늦어질까 봐 조급했다. 그런 마음 때문에 밤새 뒤척거리다 해가 뜨는 걸 봐야 했고, 뭘 먹기만 하면 체하고 토하는 일이 반복됐다. 조급해하지 않고 꾸준히 쓰면서 글쓰기 연습하는 중이라고 생각했다면 얼마나 좋았을까.

4년 전 수업을 받았던 수강생은 지금까지 꾸준히 글을 쓰고 있다. 그녀에게 이제 책을 내도 되지 않겠냐고 했더니 이렇게 말했다.

"아직 책 쓸 때가 안 된 것 같아서 블로그에 그냥 글만 쓰고 있어요. 블로그에 쓴 글을 보고 사람들이 반응해줘서 서로 소통하면서 지내는 것만으로도 재미있고요. 책을 내는 것보다 우선 매체에 기고하는 글을 쓰고 싶어요. 언젠가 때가 되면 책을 낼 수도 있겠죠."

책을 내고 싶다는 마음만 너무 절실해서 균형을 잃고 힘들어하는 사람보다 훨씬 훌륭해 보였다. 책을 내겠다는 절실함보다 우선 자기 주제로 꾸준히 쓰면서 브런치 작가에 도전도 해보고, 공모전에도 응모해보는 게 좋다. 작은 것부터 차근차근 책 쓰기라는 목표를 향해 가라는 것이다. 그래야 책 쓰는 과정을 스트레스 받지 않고 자연스럽게 즐길 수 있다. 그러지 않으면 책을 쓰는 일이 고통이 되고 책을 내고 나서도 행복하지 않다.

누구나 책을 내는 시대라고 하지만 할 말이 마음속에 꽉 차서 찰랑거리지 않으면 쓸 수 없다. 작가가 되고 싶다는 욕심이 아무리 강렬해도 충분히 익지 않은 주제는 책이 되기 어려운 것이다. 콘셉트가 자신 안에서 푹 고아져 독자에게 이 얘기만은 꼭 해주고 싶을 만큼 안달 날 정도가 되어야 책 쓸 때가 온 거다. 내 욕심이 아니라 다른 사람에게 도움을 주고 싶다는 마음이 선행되어야 하는 건 기본이다. 그런 마음이어야 메시지가 명확해서 글도 잘 써지고 자신의 원고를 알아봐 주는 출판사와 인연을 맺기도 쉽다. 뭔가에 집중해서 최선을 다하면 자신이 원하는 쪽으로 흘러가게 마련이다.

내가 제주로 이주하게 된 계기를 마련해준 친동생 같은

민정 씨가 기획 출판 계약을 했다. 책을 준비한 지 3년 만이었다. 경단녀로 살다 홍보 팀장의 경험을 살려 북 토크를 진행하는 북토커가 된 이야기를 출간하기로 한 것이다. 글 쓰느라 건강까지 해치면 어쩌나 걱정될 만큼 열심히 써서 투고했지만, 출판사의 문은 쉽게 열리지 않았다. 그녀를 지켜보면서 속이 타들어 가는 것 같았다. 같은 기수 멤버들과 후배들의 책이 속속 출간되는 걸 바라보면서 얼마나 낙담했을지 그 마음이 헤아려져서였다.

그렇지만 그녀는 괴테의 시구처럼 '서두르지 않고, 그러나 쉬지도 않고' 묵묵히 자신의 속도로 버텨냈다. 가수 박진영 씨가 "우리가 일찍 출발한다고 해서 반드시 이기는 것이 아니며 늦게 출발한다고 해서 반드시 지는 것도 아니라는 걸 명심해라."라고 했듯이 버텨냈던 그 시간이 그녀의 앞날을 더 빛나게 해주리라 믿는다. 쓰고, 투고하고, 수정하고, 다시 투고하기를 반복하며 몸에 새긴 노력은 절대 배신하지 않는 법이다. 내가 글쓰기를 배우기 시작한 지 4년 만에, 그것도 세 번이나 콘셉트를 바꾸면서 첫 책을 내고 보니 이런 신념을 갖게 되었다. 그런 과정이 없었다면 난 결코 지금까지 글을 쓰지 못했을 것이다.

임경선 작가의 단편 소설 모음집 《호텔 이야기》 속 '호텔에서 한 달 살기'에는 지속 가능한 창작에 가장 필요한 것은 '무심함'이라고 말한다.

"주변의 모든 것들에 적당히 초연할 것, 사람들이 열광하는 것을 다소 식은 눈으로 바라볼 수 있는 것, 그래도 괜찮다는 것을 자연스럽게 받아들이는 것, 그렇게 스스로를 외부로부터 지키는 것, 따라서 끊임없이 시선이 안으로 향하는 것에 죄책감을 느끼지 않는 것."

책 쓰기는 누군가와 경쟁하는 게 아니고 과시하기 위한 것도 아니다. 그러니 빨리 성과를 보려고 하지 말고 삶을 즐기기 위한 짜릿한 놀이라고 생각하자. 한 가지 주제로 매일 조금씩 쓰면서 찰랑찰랑 차오를 때까지 기다리자. 그래야 오래, 즐겁게 글을 쓸 수 있다.

# 글쓰기의 또 다른 원동력, 그리움

나의 글쓰기 뿌리가 어디에 있는지 생각해보면 어린 시절의 그리움이다. 그리움이란 마음에 긁어 새기는 것이라는데, 산과 들을 뛰어다니며 호기심을 키웠던 모든 것이 다 그리움이라는 이름으로 내 마음속에 새겨져 있다. 어른이 되어서도 자연의 변화에 섬세하게 반응하고, 호기심 어린 눈으로 세상을 바라보는 것도 어린 시절의 그리움과 맞닿아 있어서다. 뒤란을 대낮처럼 환하게 비추던 달빛, 꿈을 꾸듯 바라보던 밤하늘, 가 닿을 수 없었던 앞산 너머의 세계, 저물녘이면 피던 분꽃, 박꽃, 달맞이꽃……. 제주의 자연 속으로 들어오자 더 자주 어린 시절의 그리움 속으로 빠져들게 된다.

유년 시절, 한숨 달게 자고 난 뒤 오줌이 마려워서 눈을 뜨면 창호지 문엔 엄마의 그림자가 비쳤다. 한밤중이었는지 새벽녘이었는지 모른다. 난 졸린 눈을 비비며 윗목에 있는 요강에 쪼르르 오줌을 누었다. 곁눈으로 어렴풋한 엄마의 그림자를 바라보며 문을 벌컥 열고 '엄마!' 하고 불러보고 싶었지만 참았다. 왠지 엄마가 닿고 있는 신비한 세계의 고요를 깨뜨리면 안 될 것 같아서였다. 달빛은 교교히 뒤란의 반들반들한 장독대를 비추고 대나무 울타리 숲에서는 바람이 쏴아, 쏴아 파도 소리를 내며 불어댔다. 단

잠에 빠진 언니 오빠의 발을 밟지 않도록 조심해서 내 자리로 돌아와 홑이불을 이마까지 덮으면 머릿속은 엄마의 영상으로 가득했다. 뒤란을 비추는 달빛의 고요와 엄마가 거기 있다는 사실에 더없이 편안했다. 감나무 밑 장독대에 정화수를 떠 놓고 기도하고 있는 엄마의 그림자는 매일 밤 어김없이 나타났다. 마치 정지된 화면 같았다.

그 시절을 추억하며 옥상의 해먹에 길게 누워 하늘을 올려다보니 여름밤도 생각났다. 모깃불을 피운 마당 평상에 누워 하늘을 보면 온통 별빛 바다였다. 그 별들이 나를 우주로 끌어당기는 듯한 환상에 사로잡혔다. 은하수가 강물처럼 출렁이는 밤하늘은 눈을 뜨고 꾸는 꿈같기도 했다. 모깃불의 매캐한 냄새와 토마토밭에서 풍겨오는 쓰고 알큰한 냄새를 맡으며 스르륵 잠이 들었다. 지금은 그 시절이 그리움으로 남아 있지만, 그때 나의 그리움은 앞산 너머의 세계였다.

민둥산이었던 앞산은 엄마가 뭔가를 광주리에 담아 머리에 이고 장에 가는 모습과 돌아오는 모습이 훤히 다 보였다. 엄마가 그 산을 넘어 장에 가신 날엔 마당에 쪼그리고 앉아 기다렸다. 엄마를 기다리다 지치면 "어디까지 왔니? 서낭당을 넘고 있다. 어디까지 왔니? 언덕을 내려오고 있다, 어디까지 왔니? 개울 건너고 있다", 하며 혼자 문답 놀이를 했다. 문답 놀이를 반복해서 불러도 엄마의 모습은 보이지 않고, 땅거미가 앞산의 황톳길을 지워 버리면 얼른 방으로 들어가 흰 무명 치마를 꺼내 엄마 냄새를 맡았다. 그런 날이면 배는 두 배로 더 고팠다.

엄마나 시골 풍경 등이 그리워질 때면 난 어김없이 글을 쓰고 싶어 손가락이 근질거렸다. 나의 원초적 정서가 있던 곳, 내가 떠나온 곳, 지금은 흔적만 남아 있지만 정겨운 분위기가 가득한 곳, 언제라도 가보고 싶은 그리운 곳. 글을 쓰면서 40대 중반에 혼자 되신 엄마가 산골 마을에서 할 수 있는 거라곤 정화수를 떠 놓고 비는 것뿐이었음을 이해했다. 엄마의 삶을 받아들였더니 눈물이 멈췄고, 좋은 기억만 떠올랐다. 가장 좋은 기억은 창호지 문을 새로 바르던 날이었다.

엄마는 가을 햇살이 창창한 날을 잡아 격자무늬 창호지 문을 떼 냈다. 물을 확 뿌려 불린 다음 여기저기 구멍이 난 묵은 창호지를 뜯어내고 풀을 입혀서 새 창호지를 발랐다. 그런 뒤 바람이 잘 드는 그늘진 마루 옆에 문틀을 세워서 말리면 쭈글쭈글했던 창호지 문이 다림질한 것처럼 팽팽해졌다. 엄지와 검지를 동그랗게 말았다가 검지 손끝으로

퉁, 튕겨 보면 창호지 문에서 먼 북소리가 났다. 엄마는 그 문에 책갈피에 끼워두었던 코스모스 꽃잎과 이파리를 문 위에 올려놓고 창호지를 작게 잘라 덧대어 붙였다. 꽃잎을 붙인 그 창호지 문에 햇빛이 말갛게 비치면 꽃이 피는 듯해서 엄마가 마술을 부린 것 같았다. 창호지 문에 꽃잎 붙이는 날은 유일하게 엄마의 얼굴도 꽃잎처럼 환해지는 날이었다. 그날은 나도 저절로 기분이 좋아져서 강아지 백구의 뒤를 졸졸 쫓아다니며 놀았다.

어릴 적 추억이 그리워서 언젠가 고향 집을 찾아간 적이 있다. 긴 밭과 논길을 걸어 당도한 집. 대나무 울타리는 사라지고 담벼락도 허물어져 빈집이 되어있었다. 엄마가 정화수 떠 놓고 빌던 대접 감나무도 베어져 어디론가 사라졌다. 가재를 잡으며 놀던 앞 개울은 논으로 변해 있었고, 가끔 뻐꾸기가 "뻐국뻐국" 제 이름을 목 놓아 부르는 소리만 들렸다. 어릴 때는 그렇게 높아 보였던 앞산과 뒷산이 동산이어서 놀랐다. 그렇지만 허무하다거나 쓸쓸해 보이지 않았다. 코흘리개였던 아이가 노년의 입구에 들어선 어른이 되었으니 변하는 게 당연하지 않은가.

세상의 모든 예술은 그리움에서 출발한 결과물이라고 하듯 내가 지루한 일상을 견디지 못하는 것이나 새로운 것에 대한 기대, 존재하지 않는 대상을 그리워하는 게 모두 내 글쓰기의 또 다른 원동력이다. 어린 시절의 추억에 대한 그리움은 나에게 지치지 않고 글을 쓰게 했다. 계절을 예민하게 느끼고 작은 것에 바로 반응하는 내 감성의 모든 것도 그리움이었다.

박경리의 평사리, 박완서의 박적골, 김승옥의 무진처럼 내 고향 무시울이 내 글의 든든한 배경이 되고 있다. 나이 들수록 며칠 전의 일은 희미해도 어릴 때 기억은 더욱 선명해지는 지금. 산에 땔감을 하러 가서도 남의 집 산소에 풀이 자라고 있으면 벌초를 해주던 엄마의 마음이 거울 되어 나를 비춘다. 엄마처럼 그렇게 맑은 사람으로 살다 가고 싶다. 백조가 아름다운 울음을 마지막에 토해낸다고 하듯 백조의 울음 같은 글을 마지막으로 남기고.

# 영혼을 긁어모아 책을 쓴 뒤에 얻는 것들

"책을 내면 뭐가 좋아요? 어떤 느낌이에요?"

"출간 전과 후가 어떻게 달라지나요?"

"돈은 얼마나 버세요?"

책을 내고 나면 어김없이 물어오는 말들이다. 책이 나왔을 때 제일 먼저 드는 감정이 뿌듯함이라면 얼마나 좋을까. 난 부끄러운 마음이 제일 먼저 올라온다. 마치 속옷 차림으로 거리를 활보하고 있는 것 같아 몸이 자꾸 움츠러든다. 그러다 어느 정도 시간이 지나고, 독자들의 반응이 나쁘지 않다고 느껴지면 그때서야 움츠러들었던 몸과 마음이 조금씩 펴지고 안도의 숨도 쉬어진다. 그다음에는 약간의 뿌듯함이 밀려온다. 글에 자신감이 생겨서가 아니라 내 생각을 온전히 쏟아낸 것에 대한 시원함, 최선을 다했다는 만족감 때문이다. 글 쓰는 고통이 90%라면 만족감은 10%도 안 되지만 그래도 10%의 만족감을 얻기 위해 그토록 힘든 시간을 견디는 건지도 모르겠다.

난 주목받는 걸 좋아하지 않지만, 책을 냈을 때만은 관종이 된다. 강원국 작가가 "글 쓰는 사람은 태생이 '관종(관심종자)'이다. 이들은 글을 들고 독자 앞에 나선다. 보여주기 위해 글을 쓴다."라고 했는데 나를 두고 하는 말 같았다. 출간되는 날부터 세상 사람 모두에게 "나 좀 봐주세요, 저 책 냈어요!" 하며 외치고 싶어지는 것이다. 책에 관심 없는 사람도 내 책만은 관심 좀 가져주었으면 좋겠고, 리뷰를 써주거나 열렬하게 홍보해주길 간절히 원한다. 아무리 좋은 책이 나왔어도 독자의 눈에 띄어야 읽어볼 테고, 그래야 책 내는 의미가 있을 테니까. 원고를 매만지면서 고생한 편집자와 출판사에 기여해야 한다는 책임감 때문이기도 하다.

그래서 자발적으로 홍보대사를 해주는 사람이 있으면 구세주처럼 느껴진다. 내가 《오드리 헵번이 하는 말》을 출간했을 때 각 온라인 서점에 몇 권씩 주문하고, 리뷰를 써준 수강생이 있었는데 은인 같았다. 평생 갚으며 살아야겠다고 다짐한 적이 있다. 반대로 책을 냈는데 전혀 관심을 보이지 않으면 이 사람이 나를 진정으로 생각해주는 사람이 맞는지 의문이 든다. 진짜 내 편인지 아니면 내 편인 척하는 건지 알아보는 기준으로 삼는 것이다. 이건 분명 바람직하지 않은 현상인데 그 정도로 책 판매에 신경 쓴다는 뜻이다.

책을 내면 손과 눈이 바빠진다. 휴대전화든 노트북이든 붙들고 책 제목을 자주 클릭하게 된다. 리뷰는 몇 개나 있는지, 어떤 내용의 리뷰가 올라왔는지, 온라인 서점의 판매 지수는 몇인지 일일이 확인해본다. 독자들의 반응이 어떤지 궁금해서다. 마음이 담뿍 담긴 리뷰를 발견하게 되면 이래서 내가 책을 쓴다니까, 하며 글 쓰는 동안 어려웠던 일은 까맣게 잊고 입이 저절로 벌어진다. 평소에 SNS 활동을 더 활발하게 했더라면, 하고 후회하는 순간이기도 하다. 부지런히 소통했더라면 책 소개도 많이 해줬을 텐데, 하는 마음이 들어서다.

책을 한 권이라도 내본 사람은 책 쓰기 중독자가 된다. 쓰는 게 힘들어서 다시는 못 쓰겠다고 생각은 하면서도 머릿속은 이미 다음 책을 준비하게 되는 것이다. 아기 낳기 힘들어서 절대로 낳지 않겠다고 맹세하던 사람이 둘째 아이를 갖는 것과 같은 이치다. A4 용지 80장에서 100장 정도의 원고를 쓰다 보면 다음에 무슨 책을 쓸지 콘셉트가 저절로 생각난다. 책을 읽다 보면 그 안에서 소개하는 책을 발견하게 되고 그 책을 보게 되는 것처럼. 모든 중독이 그렇듯이 책 쓰기도 한 번 맛을 들이면 쉽게 끊지 못한다.

출간의 꽃은 뭐니 뭐니 해도 출판기념회와 북 토크다. 나의 출판기념회는 첫 책 《엄마의 주례사》는 안국동, 두 번째 책 《엄마, 나 결혼해도 괜찮을까》는 부암동에서, 《오드리 헵번이 하는 말》은 북토커인 수강생이 제주에서 해주었고, 《엄마의 주례사》 개정판은 글수다 멤버들이 수강생의 문화살롱에서 열어줬다. 평소에 나를 응원해주는 사람들, 내가 좋아하는 사람들을 한자리에 불러 맛있는 음식을 먹으면서 즐겼던 파티는 최고의 만족감을 주었다. 출판기념회나 북 토크를 하다 보면 책 쓰기의 어려움을 잠시 잊게 된다. 더없이 귀하고 소중한 시간이기 때문이다.

인세는 대략 정가의 10퍼센트. 작가의 영혼을 있는 대로 긁어모아 쓴 대가로는 너무 적다고 느낄 수도 있지만, 출판사의 입장을 생각하면 이걸로 됐다 싶다. 첫 책《엄마의 주례사》를 출간했을 때 초판은 일시금으로 받았고, 그 이후는 분기마다 정산해서 받고 있다. 인세가 많든 적든 용돈 보태주는 자식처럼 분기마다 꾸준히 들어온다는 사실이 꽤 만족스럽다. 책을 10권쯤 내서 인세로 용돈을 쓰면 얼마나 좋을까, 생각해본 적도 있지만 그래도 이게 어디냐 싶다.

책 쓰기는 늪. 쓰면 쓸수록 깊이 빠져들고, 매번 어렵게 느껴진다. 계약서에 명시된 출간 날짜에 맞춰 원고를 써야 한다는 부담과 잘 써야 한다는 강박증과도 싸워야 한다. 어찌어찌 쓰다 보면 아, 이거구나 하는 순간이 오는데 이때부터 글 쓰는 속도가 붙기 시작하면서 자신감이 회복된다. 자신감이 하향 곡선을 타게 될 때는 탈고하고 출판사에 보냈을 때다. 토하기 직전까지 고치고 또 고친 후 원고를 보냈어도 글이 편집자 마음에 안 들면 어쩌나, 내 글이 세상에 뿌려진 후 독자의 반응이 별로면 어쩌나 안절부절못하게 되는 것이다. 나만 그런건가? 그래도 내 이름 석 자가 새겨진 책이 온라인이나 오프라인 서점에서 독자의 반응이 괜찮다 싶으면 마음이 먼저 씩 웃는다. 영혼을 긁어모아 초고를 쓰고 수정과정을 거치면서 마음 졸이던 시간을 제대로 보상받는 기분이 들어서다. 책 쓰기 힘들어도 세상에 대고 할 말이 있는 한 난 책을 쓸 것이다. 이보다 더 의미 있는 일을 아직 찾지 못했기 때문이다.

# 3장

## 글쓰기로 삶이 특별해졌다

자존감이 바닥을 칠 때마다 일으켜 세워준 글쓰기

"작가님! 수업하시면서 혹시 거울 본 적 있으세요?"

"아니 없는데, 왜요?"

"수업하실 때 표정이 너무 행복해 보여서요."

내 마음이 수강생 눈에 그대로 다 보였나 보다, 행복해 보인다니! 수강생의 말대로 나는 글쓰기 수업할 때 참 행복하다. 천신만고 끝에 붙잡은 글쓰기라는 찬란한 빛을 어떻게 살아야 할지 몰라 방황하는 그녀들에게 나눠줄 수 있어서다. 글쓰기는 명목일 뿐 먼저 살아본 내 경험을 들려주는 수업. 그녀들의 눈빛은 햇살에 반사되는 유리 조각처럼 빛난다. 꿈 지도를 만들고 나면 그녀들은 마치 잘 훈련된 궁사처럼 팽팽하게 당긴 활시위를 꿈이라는 목적지를 향해 쏜다. 이 모습을 옆에서 지켜보노라면 내 새끼 참 장하다, 하면서 엉덩이라도 두들겨 주고 싶은 심정이다. 이런 내 마음을 헤아려서일까. 그녀들은 나를 '어미 새'라고 부르고, 글쓰기 수업을 '인생 수업'이라고 불러준다.

글쓰기 수업을 하게 된 계기는 첫 책을 내고 나서였다. 여기저기 강연을 다니게 되었는데 강연이 끝나고 나면 꼭 한두 사람은 내게 다가와 작가가 되고 싶다고 했다. 그럴 때면 내가 다녔던 글쓰기 수업을 소개해줬다. 그러던 어느 날, 중년의 여자분이 조심스럽게 다가와 말했다.

"작가님! 저에게 글쓰기 좀 가르쳐주세요."

내게 글쓰기를 배우고 싶다니! 문학을 전공하지도 않았고, 누구를 가르쳐 본 적도 없어서 안 된다고 단호하게 거절했다. 내가 글쓰기를 가르치다니, 언감생심이었다. 그렇게 몇 달이 지났는데 자꾸만 그분의 물기 어린 눈가와 기도하듯 두 손을 모으고 간곡하게 부탁하던 표정이 생각났다. 나한테 글쓰기를 배우고 싶다고 한 건 글쓰기뿐 아니라 다른 것도 배우고 싶었던 건 아니었을까? 그렇다면 난 무엇을 가르칠 수 있지? 내가 글을 써서 행복해진 것처럼 글쓰기로 행복해지는 법을 알려줄 수는 있잖아. 생각만 조금 바꿨을 뿐인데 얼마든지 가르쳐 줄 수 있을 것 같았다.

뭔가 생각이 떠오르면 바로 실행에 옮기는 게 특기인 내 머릿속은 바로 프로그램 아이디어가 떠올랐다. 여자들이 모여서 자신의 꿈을 이야기하고 앞으로 어떻게 살고 싶은지 써보는 글쓰기 수업. 여자에, 여자에 의한, 여자를 위해 말이 아닌 글로 떠는 수다……. 그렇게 '그녀들의 글 수다: 내 삶의 방향을 찾아가는 글쓰기'가 탄생했다. 이 프로그램을 운영한 지 5년 차. 아직도 글쓰기 선생이라는 타이틀이 영 머쓱할 때도 있긴 하다. 문학을 전공한 것도, 책을 많이 읽은 것도 아니어서 전공했거나 독서광들을 가르칠 때는 더욱 그렇다. 그럴 때마다 10여 년 동안 꾸준히 글을 써서 책을 냈고, 글쓰기 기술보다는 글쓰기로 행복해지는 법을 알려주는 수업이라는 것에 기대곤 한다.

그렇지만 생기발랄한 젊은 시절에 글 쓰는 좋은 환경에 놓여보지 못했던 아쉬움까지 없어진 것은 아니었다. 나랑 친하게 지내는 동생 수진이가 김남조 선생님께 수업을 들었다고 했을 때는 한없이 부러웠다. 시를 외우고 소설을 공부하면서 효창공원이며 공덕동 언덕을 오르내렸을 그녀. 나도 그랬다면, 글을 좀 더 잘 가르칠 수 있지 않았을까 싶다. 그러다가도 글쓰기 수업을 어떻게 하면 더 효율적으로 할 수 있을지 늘 생각한다거나 수강생들이 무엇을 고민하는지 잘 알고 있다는 것에 마음을 내려놓곤 한다.

글쓰기 수업은 사람이 오는 게 아니라 인생이 오는 거였다. 경력이 단절되어서 무엇을 해야 할지 몰라 헤매는 전업주부, 일은 하고 있지만 진짜 내 길이 맞는 건지 몰라 잠시 휴직 중인 휴직 맘. 그녀들은 현실과 꿈, 불확실한 미래에 대한 불안으로 쓰러지기 직전에 나를 찾아온다. 난 그 시절을 다 지나왔기에 연령대마다 다른 그녀들의 눈빛에 무엇이 담겨 있는지 보인다. 30대는 체념과 희망 사이에서 갈등하는 모습, 40대, 50대는 열심히 산 것 같은데 이룬 게 없는 것 같아서 막막해하는 모습. 어떻게 살아야 할지 몰라 막막했던 내 모습을 보는 것 같아 더 애잔하기도 하다.

그렇기에 난 그녀들이 글을 쓰면서 스스로 답을 찾을 수 있도록 최선을 다한다. 한 사람 한 사람의 마음 한 자락, 글 한 자라도 허투루 대할 수가 없다. 마음을 다해 토닥여주고 곡진한 피드백을 해주게 된다. 그녀들이 부스스한 머리에 핼쑥한 얼굴로 헐레벌떡 강의실에 들어올 때면 안쓰러울 때도 많다. 수업에 오기 위해, 글 쓰는 시간을 확보하기 위해 사투를 벌인다는 걸 너무 잘 알기 때문이다. 어렵게 얻은 시간이기에 나도, 그녀들도 초집중 모드의 시간이 된다. 하나라도 더 가르쳐주려고 애쓰는 시간, 잘 배우려고 눈이 초롱초롱하게 빛나는 시간, 서로의 고민을 털어놓는 시간. 각자 써온 글을 눈과 마음으로 읽는 시간……. 난 그녀들을 통해 아무도 내 마음을 알아주지 않았던, 그래서 더 외로웠던 시절을 보상받는 것만 같다.

난 수강생들이 나의 과거이고, 나는 그녀들의 미래라고 생각한다. 내 발자국을 따라 그녀들이 따라올 거라는 생각을 하면 똑바로 걸어가야지, 더 나이 들어도 꿈을 꾸고 그 꿈을 이루며 살아야지 다짐하게 된다. 이것이 엄마로 아내로 며느리로 자식으로 살면서도 고단하게 글을 쓰고 있는 그녀들에게 해줄 수 있는 것의 전부라고 생각해서다. 영화 <죽은 시인의 사회>에서 키팅 선생님은 학생들에게 틀리고 바보 같은 일이라도 시도해 봐야 한다고 강조한다. 나도 그녀들에게 무엇이든 경험해 보라고, 경험해 보기 전에는 알 수 없는 게 인생이라고 얘기해 준다. 글쓰기 수업이 인생 수업이 되는 순간이다. 나는 그녀들에게 먼저 살아본 경험에 대해 알려주고, 그녀들은 내게 빛의 속도로 변해가는 요즘 현실에 대해 알려준다. 내가 가르쳐 주는 것보다 그녀들에게 배우는 게 더 많다. 어느 날부터인가 그녀들은 내 삶의 동반자가 되었다. 그녀들이 없었다면 나의 인생 2막이 이렇게 행복할 수 있었을까? 그녀들이 나를 똑바로 살아가라고 가르치는 스승이다.

## 내면과 외면이 예뻐지는 비결

"글을 쓰면 예뻐져요!"

내가 이렇게 말하면 수강생들은 '정말요?' 하는 표정이다. 그녀들은 잘 모르겠지만 내 눈에는 글을 쓰고부터 예뻐진 게 너무나 잘 보인다. 수업에 처음 왔을 때는 근심 가득하던 표정이 시간이 갈수록 환하게 펴진다. 생기도 돌아서 마치 시들어 있던 꽃이 물을 머금은 것 같다. 그러니 안 예쁠 수가 없다. 여자가 예뻐 보일 때는 얼굴에 생기가 가득할 때 아니던가. 게다가 쓰면 쓸수록 관찰력과 통찰력이 생겨서 그윽한 눈빛으로 바뀐다. 글을 쓰면 굳어 있던 마음이 풀어지고 혈액 순환도 잘돼서 화색이 도는 게 아닐까 싶다.

난 글쓰기 수업할 때마다 그녀들을 옆에서 가만히 지켜보면 너무 예뻐서 어쩔 줄을 모르겠다. 특히 '10분 프리 라이팅' 시간을 사랑한다. 타이머에 10분을 맞춘 후 "시작!"이라고 외치면 손에 꼭 쥐고 있던 펜을 놀려 하얀 종이 위에 한 글자씩 써나가는 모습이 너무나 예쁘다. 몸은 힘이 빠져 편안하고 느슨해 보이는 게 문학소녀가 따로 없다. 아내로, 엄마로 고된 시간을 견디느라 드러나지 않았을 뿐 소녀의 모습 그대로다. 사진 찍는 걸 별로 좋아하지 않는 내가 자연스럽게 휴대전화를 집어 들고 사진이나 동영상을 찍는 유일한 순간이다.

앳된 소녀의 얼굴로 돌아와 자신의 글을 읽던 감동의 수업 시간이 생각난다. 한 수강생이 '커피 한 잔 할까요?'라는 제목의 글을 써왔다. 검정 원피스에 빨강 카디건을 걸친 그녀가 발그레해진 얼굴로 가방에서 뭔가를 꺼냈다. 드립포트와 드리퍼, 핸드드립용 커피 가루였다. 그녀는 드리퍼에 커피 가루를 넣고 천천히 정성스럽게 커피를 내려주고 음악을 틀면서 말했다. "글 제목이 '커피 한 잔 할까요'잖아요. 커피 마시고 음악도 들으면서 글을 읽으려고 가져왔어요." 그러더니 아나운서 같은 목소리로 또박또박 글을 낭독했다.

밋밋하고 단조롭던 강의실이 한순간에 커피 향기와 음악으로 채워지자 분위기 좋은 카페처럼 변했다. 자신의 글을 읽는 타임에, 제목에 맞는 걸 준비해오는 센스라니! 다들 "어머나, 너무 좋다. 좋아!"를 연발했고, 그녀는 글로 마음을 열고 커피와 음악을 통해 힘을 내보자고 했다. 나는 한 옥타브 높아진 목소리로 말했다. "이게 바로 글 수다죠. 글쓰기 기술만 배울 거면 책으로 배워도 돼요. 하지만 우린 이런 수업을 원했던 거잖아요!" 나도 그 순간만큼은 소녀로 돌아간 느낌이었다.

나는 요즘 얼굴에 그늘이 있어 보이는 사람을 만나면 글을 써보라고 권한다. 조심스럽게. 자신의 존재감을 잃었거나 관계의 갈등 속에서 방황하던 수강생들이 서서히 자신을 찾고 예뻐지는 과정을 지켜보면 글 얘기를 안 할 수가 없다. 수강생 중에는 글을 쓰고부터 정신건강의학과 상담을 받지 않게 되었고, 스트레스성 위염도 좋아졌다고 한다. 몸에 스트레칭이 필요하듯 마음에도 글이라는 혈액 순환제가 필요하다. 그렇기에 글쓰기 수업에서만은 편하게 마음을 풀어놓자고 부추긴다. 멤버들끼리 서로 힘든 이야기를 풀어놓으며 친밀도를 높이면 수업이 끝나서도 함께 하며 성장할 수 있다. 글 수다 카페를 기수별로 만들고, 비공개로 한 이유이기도 하다.

양주 글 수다 팀은 수업이 끝난 지 4년이 된 지금까지도 멤버들끼리 매일 글을 쓰면서 마음을 나누고 있다. 카페에 올린 글이 만개가 넘는다. 같이 글을 쓴 덕분에 서로 눈빛만 봐도 위로가 되는 팀으로 발전했다. 얼마 전에 줌으로 그녀들을 초대해 이제 한 단계 올라간 글을 써보는 게 어떻겠느냐고 제안했다. 브런치 작가 도전하기, 공모전에 참가하기, 자기만의 주제로 책 쓰기 등의 목표를 잡고 '작은 성공'을 경험해보라고. 무작정 쓰기만 하면 어느 순간 이렇게 쓰기만 해서 뭐하나 싶고, 자기효능감도 떨어지기 때문이다.

며칠 전 글 수다 멤버 모임에 갔더니 이런 말이 오갔다. "내 주위 사람들은 다 작가야. 작가 아닌 사람이 없어." "맞아, 맞아! 내 주위에도 너무 많아." 가만 보니 모인 사람들 모두 독립 출판 작가, 기획출판 작가, 브런치 작가, 공저 작가였다. 다들 자신이 이룬 것을 뿌듯해하는 눈치였다. 글을 쓴다고 해서 꼭 작가가 되어야 하는 건 아니지만 그래도 성과를 낸 것을 보면 대견하다. 그렇다고 그녀들이 처음부터 이렇게 즐거워했던 건 아니었다. 웃는 것보다 우는 시간이 더 많았다. 자신의 이야기를 하거나 글을 써서 발표할 때 꼭 한두 명은 눈물을 보였다. 그러면 모두 따라 울면서 티슈를 톡톡 뽑아 친구에게 건네고 자기 눈물을 닦았다. 눈물을 닦기 위해 티슈를 나눠 쓴 사람들은 특별한 친구가 된다. 웃음보다 눈물을 나눈 것만큼 사람을 가깝게 하는 건 없으니까. 나이와 환경은 달라도 글로 맺어진 관계는 그 어느 모임보다 끈끈하다. 그래서 한 글 수다 멤버가 이런 말을 했으리라. "글쓰기 배울 때 뽕 맞은 사람 같았어요."

난 그녀들에게 스스로 한계를 짓지 말고 아무도 내 마음을 알아주지 않아서 우울했던 마음을 글로 풀어보자고 독려한다. 그러면 그녀들은 소금 덩어리 물에 풀어지듯 서서히 자신의 응어리를 풀어내면서 점점 더 생기를 되찾는다. 성형해서 예뻐질 수도 있지만 글쓰기는 내면과 외면을 고루 아름답게 만들어준다. 글쓰기를 하고부터 자신은 물론 가족들도 변했다는 말을 많이 듣는다. 글쓰기는 모두를 아름답게 만드는 일이다. 나는 그녀들에게 글을 쓰면서 더 예뻐지자고, 이 힘든 세상을 버텨나가자고 응원한다. 세상의 모든 여자가 글쓰기로 더 활기차고 예뻐졌으면 좋겠다. 오늘도 난 꽃처럼 예쁜 그녀들의 안부가 궁금해 글 수다 카페를 들락거린다. 글은 잘 쓰고 있는지, 마음 상하는 일은 없는지, 어디 아픈 데 없는지. 새 글이 올라왔다는 빨간색 표시를 보면 입꼬리가 쓰윽 올라간다. 얘들아, 예쁘게 잘 살고 있는 거지?

# 눈물이 미소로 바뀌는 순간

나는 눈물이 참 많다. 어떤 사람이 슬픈 얘기를 하기 시작하면 말하는 사람은 안 우는데 내가 먼저 운다. 그런 내가 제일 많이 울게 되는 지점은 엄마에 대해 말할 때였다. 평생 희생으로 점철된 엄마의 삶을 생각하면 가슴이 먼저 울고, 눈물이 차올랐다. 엄마는 효도 한 번 제대로 받아보지 못하고 환갑에 돌아가셨다. 친정 식구들은 엄마가 계신다면 금 방석에도 앉혀 드릴 수 있는데 안 계신다고 늘 마음 아파한다. 내 몸에 깃든 엄마에 대한 슬픔은 그 어떤 것으로도 발효되지 않아서 몸 밖으로 꺼내줘야 하는 걸까. 글쓰기를 배울 때 글의 소재는 늘 엄마였다.

서울시민대학 수필쓰기반. 과제를 합평하는 날이었다. 첫 번째로 내가 호명되어 교탁 앞으로 나갔다. 엄마에 대해 쓴 '그리움이 나를 데리고 다닌다'를 읽기 시작했다.

"내겐 나를 항상 데리고 다니는 영상이 하나 있다. 유년 시절…… 흐윽!"

한 문장을 읽었을 뿐인데 눈물이 터져 나와 더 읽을 수가 없었다. 결국 반장이 나와서 대신 읽어주었다. 교수님은 이미지가 너무 잘 보이는 단편 영화 같은 글이라고 칭찬하셨지만, 난 고개를 숙였다. 많은 사람 앞에서 감정을 추스르지 못했다는 게 마음에 걸려서였다. 그날 이후로도 엄마에 대한 글은 계속됐다. 위암에 걸려 황태처럼 마른 몸으로 학교 가는 내게 요 밑에서 꼬깃꼬깃한 돈을 꺼내 쥐여 주던 마지막 손의 온기, 고3 국어 시간에 담임선생님께 불려 나가 엄마의 부고 소식을 듣고 무릎이 꺾여 주저앉았던 절망감, 장례식 날 코피를 흘리면서도 닭을 생각을 하지 못했던 일, 어린 시절 생선 팔러 장에 간 엄마를 기다리며 맡던 흰 무명 치마의 엄마 냄새…….

엄마에 대한 글을 쓰면 쓸수록 이상한 현상이 일어났다. 점점 눈물이 나지 않는 거였다. 내 마음속 슬픔의 자리에 오래 머물며 글을 써보니 고여 있던 생각이 강물처럼 흐르는 것 같았다. 엄마의 희생적인 삶을 불행이라고 단정 지은 건 내 생각뿐일지도 몰라, 속 썩이는 자식이 없었으니 키우는 재미도 있지 않았을까, 희생을 통해 '사랑'이라는 유산을 우리 가족에게 남겨 놓고 가셨으니 행복한 삶이었다고 할 수 있지 않을까. 눈물로 찰방거리던 슬픔의 자리는 어느새 그만큼의 그리움으로 채워졌다. 엄마를 하늘에서 다시 만나게 되면 "학교 다녀왔습니다!"라고 했던 어릴 때처럼 "셋째 딸, 행복하게 잘 살다 왔습니다."라고 웃으며 말할 수 있을 것 같다.

내가 그랬던 것처럼 한 수강생도 수업 시간에 참 많이

울었다. 잘 나가던 직장을 그만두고 거침없이 제주 이주를 감행하고 났더니 1년 동안 우울함에 갇혀 살았단다. 어떻게 살아야 하는지 몰랐고, 무엇을 해야 공허함을 채울 수 있을까 생각하다 수업에 왔다고 했다. 난 그녀의 어두운 얼굴에서 우울증이 진행 중이라는 걸 확인할 수 있었다. 하지만 그녀는 꾸준히 글을 쓰더니 언제 우울증을 앓았던 적이 있었느냐는 듯 카페 리더로 활동하면서 《마흔, 나를 빛내는 시간》이라는 독립 출판 책도 냈다. 지금은 인스타와 블로그 글쓰기 강사로 활동하고 있다. 그녀가 환하게 웃으며 "이젠 눈물이 안 나고 웃음만 나요."라고 했을 때는 저절로 엄마 미소가 지어졌다. 눈에 보이는 성과가 나오지 않았어도 실망하지 않고 5년 동안 글쓰기와 마음 근육을 키워온 그녀가 자랑스러워서였다.

글은 마음속에 깊이 뭉쳐 있는 응어리도 풀어준다. 한 수강생은 부모님이 슈퍼마켓을 하셨는데 아이스크림 '투게더'가 먹고 싶어서 냉동고에 들어 있던 걸 꺼내 뚜껑에 붙은 아이스크림만 긁어먹고 넣어두었단다. 그걸 사간 손님이 문제를 제기했고 부모님이 난처한 상황에 놓이게 되었는데 시치미를 뚝 떼었다는 것이다. 양심적으로 살았다고 자부하던 그녀에게는 어른이 되어서도 마음 한구석에 자리 잡은 가장 큰 치부였다고 고백했다. 글을 쓰면서 그녀는 그때의 어린 자신으로 돌아가 보니 애달파서 눈물이 났지만, 입가에 미소가 지어지더란다.

글쓰기를 배우다 보면 세 번 위로 받는다. 한 번은 쓰면서, 또 한 번은 피드백 받으면서, 마지막 한 번은 남의 글을 읽으면서다. 합평하는 시간이 얼핏 보기에는 자신의 글에 대한 피드백을 듣는 시간 같지만 속은 내 글을 남처럼 읽으면서 공개적으로 나를 들여다보는 시간이다. 그래서 눈물이 날 때가 많다. 아, 내가 그래서 그랬구나, 그때 그 생각이 잘못되었던 거구나 하면서. 남의 글 피드백도 따지고 보면 자신에게 하는 말과 같아서 서로를 깊이 이해하게 된다. 글로 만난 관계는 만난 지 얼마 안 되었어도 오래전에 알았던 사람처럼 누가 울면 나도 그렇다며 공감의 눈물을 흘리게 된다. 글을 쓰면 나 자신을 알아가기도 좋지만 다른 사람을 이해하기도 쉽다.

글쓰기란 나를 드러내면서 생각을 쓰는 일이라 솔직하지 않으면 치유되기 어렵다. 그래서 수강생들에게 모자이크 화면 같은 추상적 문장보다는 솔직하게 쓰라고 조언한다. 그러면 자신이 못나 보일까 봐 혹은 비난이나 미움을 받게 될까 봐 걱정하게 되지만 그래도 드러내야 한다. 몸에 깃든 슬픔을 몸 밖으로 끄집어내지 않으면 심장이나 간 등 내장에 절여져 자신을 쓰러트릴지도 모른다. 용기를 내서 쏟아내 보면 언제 그런 슬픔이 있었냐는 듯 마음이 가벼워질 것이다. 단, 솔직한 것과 적나라한 것은 구분되어야 하고, 나를 드러낸 것이 나중에도 후회하지 않을지 한 번 더 생각해보는 게 좋다. 나를 드러내는 게 꺼려진다면 혼자만 볼 글이라도 일단 밖으로 꺼내 써보자. 글로 뱉어내는 과정에서 슬픔의 크기는 점점 작아지다가 다 쓰고 나면 아무것도 아닌 일처럼 느껴질지도 모른다. 마구 풀어내다가 시원하게 울어봐도 좋겠다. 눈물이 미소로 바뀌는 순간을 경험할 수 있을 테니까. 글은 내 마음을 보살펴 주고, 슬픔을 미소로 변환해 주는 도구다.

# 도전, 에세이스트에서 소설가로

'첫 책을 쓸 때처럼 순수한 마음으로 글을 쓸 수는 없을까?'

한동안 나를 붙잡고 있던 화두였다. 첫 책을 쓰던 무아, 무욕의 상태가 첫사랑처럼 그리워서였다. 오직 내 이름이 인쇄된 책이 나오면 좋겠다는 마음 하나로 집중해서 글을 썼던 순간은 좀처럼 다시 오지 않았다. 잘 써야 한다는 욕심 없이 오로지 쓰기의 순정한 즐거움을 느끼고 싶었다. 소설을 한번 써보자는 생각이 들었다. 소설은 내가 잘 모르는 분야고 책을 내겠다는 마음이 없으니까 소싯적 문학소녀였던 때로 돌아갈 수 있을 것 같았다. 그러려면 강제성이 필요해서 어느 출판사 공모전에 일단 참여해보기로 했다. 마감은 20일 후였다.

남편과 주위 사람들에게 20일 동안 소설을 써서 공모전에 도전할 거라고 선언했다. 입 밖으로 꺼내놓으면 말값은 해야 한다는 생각 때문에 포기하지 않을 것이고, 막다른 골목으로 나를 밀어 넣으면 내가 어떤 반응을 보일지도 궁금했다. 소설 테마는 옛 연인을 만나기 위해 네팔로 떠나는 쉰 살 여자의 로맨스 여행이었다. 몇 년 전 네팔을 여행하다가 생각한 테마인데 언젠가는 써보겠다는 생각으로 메모하고 자료도 모아 두었다. 플롯과 등장인물도 생각해 놓긴 했지만 20일 만에 장편 소설을 쓸 수 있을지는 미지수였다. 그냥 밀고 나가거나 그 자리에 주저앉거나 둘 중 하나가 될 터였다. 나는 어디까지 갈 수 있을까. 나도 내가 무척 궁금했다.

막연한 일일수록 파고들면 선명해지는 법. 20일 여정에 돌입했다. 도전 1일 차. 플롯대로 쓰기 시작했지만 막상 써보니 머릿속에 있는 것과 달랐다. 오래전부터 생각해 놓은 주제여서 금방 잡힐 줄 알았는데 아니었다. 노트북 자판을 두드리는 손이 자꾸 멈춰졌다. 예전에 끄적여 놓은 것들을 정리하고 필요한 자료도 찾으면서 온종일 노트북 앞에 앉아 있었다. 하루가 빨리 감기 영상처럼 지나갔다. 시간이 갈수록 내가 과연 투고할 수 있을까? 단편도 아니고 장편 소설을 20여 일 만에? 나는 왜 이 일에 도전을 한 거지? 불가능한 도전을 한 것 같아 점점 자신 없어졌다.

그렇지만 내가 누군가. 일단 해야겠다고 마음먹으면 끝까지 해냈던 내가 아니던가. 자기효능감은 이럴 때 꼭 필요한 거였다. 소설이 되든 뭐가 되든 나를 끝까지 밀어붙여 보기로 했다. 눈이 점점 뻑뻑해지고 허리가 끊어질 것같이 아파도 끝까지, 끝까지 하면서 밀고 나갔다. 밥하는 시간과 먹는 시간, 남편과 잠시 얘기를 나누는 시간 외에 작업실에

틀어박혀 쓰다 보니 20일 중에서 10여 일이 지나갔다. 몸은 피곤했지만, 피곤한 만큼 마음이 개운해지기 시작했다. 언젠가는 써봐야지, 하며 미루고 있던 숙제를 하는 중이라고 생각해서였는지도 모르겠다.

재미도 있었다. 에세이스트인 나와 미래의 소설가인 내가 누가 이기나 내기를 하는 기분이기도 했다. 에세이 쓰는 나는 지금 너무 안정적이고 좋은데 웬 소설이냐 하고, 소설 쓰려는 나는 계속 시시콜콜한 주변 이야기 따위나 까발릴 거냐고 하는 것 같았다. 이 내기에서 어느 쪽이 이길지 나를 테스트 하는 중이라고 생각하니 더 흥미진진했다. 마감 일주일 정도 남은 시점부터는 서서히 속도가 붙어서 쓸 맛도 났다. 마음에 드는 문장이 갑자기 튀어나올 때는 살맛까지 나면서 자화자찬도 하게 됐다. 그럼, 그렇지. 내가 이 정도는 할 수 있다니까!

쓰다, 멈추다, 잘 써지다, 막히기를 반복하다 보니 마감 3일 전, 글에 가속도가 붙기 시작했다. 그뿐인가. 뚝뚝 끊어졌던 이야기들이 하나씩 연결고리가 생겼다. 형상화한 등장인물들이 다 같이 어깨동무하고 나를 도와주는 것 같았다. 그래서 그 많은 소설가가 소설을 쓰다 보면 등장인물들 스스로 자신의 길을 찾아가는 순간이 온다고 했나 보다. 바로 이거였구나! 내 몸속에 원래 있던 이야기가 발가락 끝에 고여 있다가 다리를 타고 배에 머물다 횡격막을 지나 어깨를 타고 내려와 손가락으로 써지는 기분이었다. 풍선처럼 부풀어 오른 느낌이 빠져나가기 전에 얼른 써야 했다. 혹시나 사라질까 봐 아침부터 밤늦게까지 10시간 이상 그대로 앉아서 썼다. 내가 쓰는 게 아니라 손가락이 알아서 써가는 느낌이었다. 마무리를 어떻게 해야 할지 난감했는데 글이 스스로 밀고 가면서 마무리도 지었다.

그럼에도 마감 전날인데 원고지 700매 기준에 100매가 부족했다. 수정부터 하기로 했다. 글의 완성도를 따지면 투고조차 못 할 것 같아서였다. 마감 당일, 수정 한 번 하는 데도 시간이 꽤 걸렸다. 맞춤법 검사기까지 한번 돌리고 났더니 마감 두 시간 전이었다. 남편과 2인 1조가 되어 남편은 프린트하고 나는 봉투에 주소를 써서 원고를 넣었다. 남편이 빛의 속도로 우체국으로 달려갔다. 마감 날 소인이 찍힌 것은 유효. 우체국 업무 종료 30분 전에 남편의 톡이 왔다. '우편 발송 완료!' 두 손이 번쩍 올라갔다.

"야호, 내가 해냈다, 만세!"

기준 미달의 원고를 보내 놓고도 이렇게 환호할 일이야? 킥킥, 웃음이 났다. 상을 탈 거라는 기대도 없이 한 투고가 이렇게까지 충족감을 줄 줄이야. 소설을 쓰고 싶다는 꿈을, 쓰기의 순수한 기쁨을 느끼고 싶었던 때에 장편을 썼다는 게 공모전에서 대상을 탄 사람처럼 흥분됐다. 장편 소설을 다 쓰고 난 작가는 흥분 상태로 반쯤 제정신이 아니라고 하더니 정말 그랬다. 투고 후 한동안은 내 살을 뚫고 날개가 나온 것 같았고, 그 날개로 훨훨 날아다니는 것 같았다.

공모전 투고 후, 발표날이 언제인지는 관심도 없었다. 그저 불확실했던 일을 해내고 내 안의 창조성을 꺼낸 나 자신에게 내가 대상을 주고 싶었다. 어느 출판사로부터 이 소설을 내 년쯤 책으로 내자는 제의를 받았으니, 에세이스트와 소설가의 내기에서 미래의 소설가가 완벽하게 승리했다. 때로는 삶에서도 자기 실험이 필요하다. 그 실험의 결과는 자기 확신으로 이어지고 또 다른 도전을 하게 만들 테니까.

# 혼저옵서! 글 감옥에

글 쓰는 사람에겐 고도의 집중력이 필요할 때가 있다. 특히 책을 쓸 때다. 집중하지 않으면 시간만 흘러가고 앞으로 나가지 못하니까. 대작가들도 미루는 습관 때문에 눈물겨운 투쟁을 했다고 한다. 고 이외수 작가는 집필실을 감옥처럼 문을 달아 봉쇄했고, 빅토르 위고는 옷을 하인에게 압수하게 한 다음 벌거벗은 상태로 소설을 썼다고 한다. 김훈 작가는 작업실 칠판에 '필일오(必日五).' "하루에 원고지 다섯 장은 반드시 쓴다"라는 글자를 써놓았단다. 영화 〈콜레트〉에서도 남편이 소설 쓰는 아내에게 4시간 동안 집중해서 글을 쓰라고 방에 가두는 장면도 나온다.

나도 책을 쓸 때 집중해서 쓸 곳이 절실하게 필요했다. 그때 생각난 곳이 제주였다. 제주에만 가면, 글이 잘 써질 것 같아 비행기 표를 끊었다. 책 한 권을 거뜬히 쓸 수 있을 줄 알았다. 생각은 생각일 뿐, 숙소가 좋으면 글 쓰는 분위기가 아니었고, 북 카페를 겸한 숙소를 찾아갔지만 뭔가 어수선해서 글이 안 써졌다. 내가 이러려고 제주까지 온 게 아닌데……. 삼시 세끼를 혼자 해결해야 하는 남편과 아침밥도 못 먹고 출근할 아들의 얼굴이 떠올랐다. 내가 무슨 불후의 명작을 쓴다고 이 제주까지 왔을까. 제주에는 왜 글쓰기 좋은 숙소가 없는지 아쉽기만 했다. 그때의 아쉬움이 제주 이주를 계획하던 순간 빛을 발했다.

봄 햇살이 유난히 쨍쨍하던 날, 남편과 제주에 여행하러 와서 한라산 둘레길을 걷고 있었다. 삼나무가 빼곡하게 들어찬 숲길에 들어서자 남편이 공기가 너무 좋다며 흐흐흡, 길게 심호흡했다. 웬만하면 좋다는 표현을 안 하던 남편이어서 기회는 이때다 싶었다. 오랫동안 벼르고 있던 말을 꺼냈다.

"당신은 제주에서 살고 싶은 마음 없어? 숲길도 걷고, 골프도 치면 좋잖아."

"나도 살고 싶지. 그런데 수입 없이 있는 돈 까먹으며 사는 건 불안해."

'불안'이라는 단어가 남편 입에서 나오는 순간, 나도 모르게 숨이 턱 막혔다.

"불안해서 그랬구나. 난 그것도 모르고. 이제 애들도 잘 살고 있으니까 가장의 무게를 좀 내려놔 봐. 당신은 충분히 그럴만한 자격 있는 사람이잖아. 당신이 불안하지 않게 우리가 제주에서 무슨 일을 할 수 있을지 찾아볼게."

사람은 자신의 경험 안에서 뭔가를 찾으면 실패하지 않는 법. 내가 그토록 찾아 헤매던 글 쓰는 숙소를 해보자는 생각이 떠올랐다. 숙소 이름은 글 쓰는 곳이라는 의미인

'글 스테이', 방은 '황홀한 글 감옥'. 난 글쓰기 수업하고 남편은 숙소 관리를 맡으면 될 것 같았다. 이주 계획서를 세심하게 짜서 남편에게 브리핑했더니 OK, 자발적으로 나의 매니저 역할까지 하겠다고 나섰다. 이주 결정하는 게 이렇게 쉬운 일이었다니! 역시 모든 일은 남편이 동의해야 빨리 진행되는 거였다.

제주의 동서남북을 며칠씩 머무르며 어디에 살면 좋을지 알아봤다. 여기저기 살아 보니 우리가 살고 싶은 곳, 우리에게 딱 맞는 조건이 추려졌다. 공항과 가까운 곳, 시내와 시골의 중간 지점, 한라산과 가까운 타운 하우스. 집의 조건이 정해지자 지역을 어렵지 않게 찾을 수 있었다. 우리가 정한 동네는 제주 시내에서 도로 하나만 건너면 푸른 목장 풍경이 펼쳐지는 전원마을이었다. 하늘에는 흰 구름이 두둥실 떠 있고, 그 아래에는 말이 풀을 뜯고 있어서 마치 천국 같은 풍경이었다. 글 수다 멤버인 윤경 씨가 살고 있어서 결정하기가 더 쉬웠다.

마침 우리를 기다리고 있었다는 듯 집도 나온 게 있었다. 현관 입구와 벽에는 빈티지 벽돌로 장식되어 있었고, 서재에는 붙박이 책꽂이가 벽 전면에 펼쳐져 있어서 도서관에 온 것 같은 집이었다. 글 감옥으로 쓸 방은 거실 옆 책장을 밀면 비밀스러운 방 하나가 숨어 있어서 안성맞춤이었다. 우리는 바로 집을 계약하고 이주 준비를 했다. 사람들은 어쩜 그리 쉽게 이주를 결정할 수 있느냐고 묻곤 하지만 마음만 바꾸면 그리 어려운 일도 아니다.

서울 시민에서 제주 도민이 된 후 블로그에 "제주로 글 쓰러 오세요!"라고 '황홀한 글 감옥'에 대한 소개를 올렸다. 별다른 홍보를 하지 않았는데도 출간 작가, 브런치 작가, 예비 작가들이 이틀에서 보름씩 머물다 갔다. 어느 작가는 보름 동안 머물면서 시나리오 한 편을 완성했고, 열흘 동안 책 원고를 마무리하고 출간한 사람도 있다.

내가 제주에서 글쓰기 좋은 곳을 찾아 헤맸을 때의 마음을 너무 잘 알기에 손님이 와서 머물 때 최선을 다해 좋은 환경을 만들어주려고 한다. 밥을 사 먹기 위해 들어왔다 나갔다 하느라 집중력을 잃지 않도록 사식(집밥)도 넣어주고, 글 쓰는 것에 대해 서로 주고받는다. 그래서인지 글 감옥 방명록에는 감동의 메시지가 가득하다. 산소 호흡기, 에너지 충전소 같은 휴식처였다는 분, 평생 잊지 못할 최고의 여행 체험이었다는 분, 글 감옥에서 글 해방을 맛보고 간다는 분, 자신의 책을 들고 꼭 다시 오겠다는 분, 고와진 눈과 시원해진 가슴을 안고 간다는 분, 캘리그래피로 정성껏 한 자 한 자 써서 마음을 표현하고 가신 분……. 가끔 그 분들이 생각날 때마다 방명록에 쓴 글들을 읽어보곤 한다. 함께 했던 시간이 그리워져서다.

글 수다 멤버들도 가끔 들려서 글을 쓰고 간다. 안예진 씨는 2박 3일 동안 머물면서 출판사에 보낼 꼭지 글을 써서 계약까지 끌어냈고 《독서의 기록》이라는 책을 얼마 전에 출간했다. 그녀가 글 감옥에 머물다 갔을 때의 일화는 지금 생각해도 웃음이 난다. 초등학교 1학년인 아들이 동네 사람들에게 큰 소리로 말했단다. “우리 엄마 감옥 갔다 왔어요!” 전후 사정을 모르는 사람들은 어리둥절했고, 그녀는 해명하느라 진땀을 뺐다고 한다. 아이가 있는 엄마들 사이에서 ‘글 감옥’이라는 말은 금기어, ‘글 스테이’라고 불러야 하는 철칙이 생겼다. 혼저옵서! 글 감옥에.

# 일상이 다정해지고, 삶이 충만해졌다

공자는 인생 3락(樂)을 배우고 익히는 것, 벗이 먼 곳에서 찾아오는 것, 남이 알아주지 않아도 자족하는 것이라고 했다. 공자의 즐거움과 나의 즐거움이 크게 다르지 않지만 내 인생의 세 가지 즐거움을 꼽자면 무엇인지 생각해봤다. 첫 번째는 '남편과 함께 하는 즐거움'이다. 남편이 곁에 없다면 내 인생은 암흑으로 변할 거라는 걸 깨달아서다. 얼마 전 남편이 한밤중에 등이 쪼개지는 것처럼 아프다고 해서 응급실에 가야 했다. 웬만하면 참는 사람이 응급실에 가자는 말을 했을 때, 이거 보통 상황이 아니구나 덜컥 겁이 났다. 몸을 잘 가누지 못하는 남편을 가까스로 차에 태워 애조로를 120킬로로 달리다 보니 남편과 함께 지낸 일상들이 영화처럼 스쳐 갔다.

2인용 압력솥에 고슬고슬하게 밥을 짓고 찌개를 끓여 "맛있지?", "맛있다!" 연발하며 먹던 저녁, 어깨를 나란히 하고 여기가 천국이야, 외치면서 동네를 산책하던 오후, 목장 길에 지천으로 널려 있는 고사리, 산딸기, 오디를 따며 즐거워하던 날들. 조심해, 조심해 하며 오르내리던 다랑쉬 오름, 족은 노꼬메 오름, 어승생악, 윗세오름……. 그 순간 깨달았다. 우리가 이런 일상을 함께하기 위해 그 먼 길을 허덕허덕 걸어 제주까지 왔구나, 남편과 일상을 함께 하지 못한다면 난 어떤 성취를 이루었다 해도 즐겁지 않겠구나. 남편이 곁에 없다면 난 아무것도 아닌 사람이 되는 거였다.

운동을 무리하게 해서 탈이 난 것 같다는 의사의 진단을 받고 안도의 숨을 내쉬었다. 반백의 머리에 굽은 남편의 등을 쓰다듬어주며 앞으로 우리가 10년을 함께 할 수 있을지 생각해봤다. 가슴이 서늘해졌다. 나의 행복은 굳이 말로 표현하지 않아도 아는, 일상을 함께 꾸려가는 남편에게 있었다. 더 많은 시간을 함께하면서 꽃이 피고 눈 내리는 풍경을 오래오래 바라봐야지! 청춘이 지나고 나서야 비로소 제대로 된 사랑을 하는구나 싶다.

두 번째 즐거움은 '좋은 사람들과 함께 하는 즐거움'이다. 우리 집에는 늘 사람들이 들락거린다. 글쓰기를 배우러 오는 수강생들과 글 수다 졸업생들, 글 쓰러 오는 손님들이 수시로 찾아온다. 그중에서도 글 수다 졸업생들은 늘 나를 감동하게 한다. 내가 밥 차리느라 힘들까 봐 음식을 바리바리 싸 들고 와서 같이 먹기도 하고, 좋은 카페가 생겼다고 초대하고, 맛있는 음식을 먹다 생각났다며 불러주기도 한다. 제주 1년 살이를 끝내고 육지에 가서도 보고 싶다며 비행기를 타고 와서 밥을 사주고 급히 올라간다.

그녀들과 함께 글 쓰는 이야기, 책이나 영화 이야기, 북토크 이야기를 함께 나누는 게 너무 좋다. 그래서인지 그녀들과 밥 한 끼 같이 먹을 수 있게 준비하는 과정도 힘들기보다 즐겁다. 젊었을 때는 어른들이 "밥, 밥" 하며 밥 타령을 하는 게 싫었는데 나이가 드니 내가 밥 타령을 한다. 누군가가 집에 오면 밥은 먹었냐, 안 먹었으면 먹자고 하며 반찬이 없어도 금방 한 따뜻한 밥을 먹여 보내고 싶다. 제대로 챙겨 먹지 못하고 사는 것 같아 안쓰러워서다.

'글 스테이'에 오는 손님은 자신이 사는 이야기를 풀어놓곤 하는데 다양한 삶의 방식에 저절로 미소가 지어진다. 하루 이틀 같이 밥 먹으면서 이야기를 나누면 가족 같은 정이 느껴진다. 집으로 돌아갈 때는 가슴 찡한 편지를 써놓고 가는데 뭉클함을 수시로 느낄 수 있어서 최고의 축복을 받으며 사는 것 같다. 한 손님은 마음을 가득 담은 편지를 예쁜 글씨로 써놓고 갔다.

"새소리, 바람의 숨결, 비 오는 하늘과 함께 3일간 지낼 수 있어서 행복했습니다. 세월을 뛰어넘어 취향이 통하는 작가님과의 수다, 묵직하고 따뜻하게 문 앞을 지켜주시던 매니저님의 미소, 소화제가 필요할 만치 꾹꾹 눌러 매끼 정갈하게 담아주시던 맛있는 집밥. 정말이지 덕분에 포근하게 깃들다 갑니다."

이런 좋은 사람들이 곁에 있기에 태풍이 불어도, 폭우가 와도, 눈이 와도 다 화창한 날처럼 느껴진다. 좋은 사람들이 가까이에 없었다면 나의 제주 생활도 사람 없는 풍경 사진처럼 밋밋했을지도 모른다.

세 번째 즐거움은 '자연 속에서 누리는 즐거움'이다. 니체가 인간 정신은 낙타에서 사자로, 사자에서 아이의 단계로 가야 새로운 삶을 창조할 수 있다고 했는데 내가 그렇게 변화해 온 것 같다. 결혼한 후 짐을 지고 사막으로 들어가는 낙타처럼 시집살이하며 살다 나를 찾아 사자처럼 투쟁했고, 지금은 시골에서 살았던 어린 시절로 다시 돌아왔기 때문이다. 제주의 자연과 함께하면서 아이처럼 조잘대고, 웃고, 감탄하면서 일상을 놀이처럼 산다. 봄에는 고사리 따서 말리고, 여름에는 산딸기 따다 잼을 만들고, 가을에는 도토리를 주워다 가루를 내서 묵을 만들어 먹고, 겨울에는 오름에서 눈썰매를 타고 논다. 계절마다 다른 놀이를 즐기다 보니 내 몸과 마음이 어린아이처럼 맑아진 느낌이다.

며칠 전에는 곶자왈 반딧불이 축제에 다녀왔다. 칠흑처

럼 어두운 길을 걸어 본 것도, 개똥벌레라고 불렀던 반딧불이를 다시 보는 것도 몇십 년 만이어서 과거로의 시간 여행을 하는 느낌이었다. 나에게 글쓰기가 없었다면 이렇게 행복할 수 있었을까? 제주 자연이 아무리 좋아도 글쓰기가 아니었다면 이렇게 지속적으로 행복하지는 않았을 것 같다. 글쓰기가 이토록 다정하고도 풍요로운 일상으로 만들어주었다. 행복한 노후를 결정짓는 5가지가 건강, 반려자, 경제 능력, 일, 친구라고 한다. 난 아직 백록담에 갈 수 있고, 매니저 남편이 있으며 경제 능력은 미미하지만 글쓰기 수업을 하고, 글 친구들이 있으니 행복한 노후를 예약해 놓은 것 같다. 이제 '베푸는 즐거움'을 하나 더 추가해야겠다.

# 글을 오래 쓰면 보이는 것들

"지지배배 지지배배 지지지지잉……."

거실 발코니 천장에 제비가 집을 짓기 시작했다. 한 마리는 벽에 날개를 착 붙이고 물어 온 진흙을 부리로 콕콕 짚어가며 집을 짓고, 다른 한 마리는 전등갓 위에 앉아 올려다보며 쉴 새 없이 "지지배배 지지배배" 랩송을 불렀다. 제비는 새 중에서 일부일처제의 모범 새라고 하는데 집을 짓고 있는 암제비가 수제비에게 "잘한다! 잘한다!" 하며 노래를 불러주고 있는 것 같았다. 제비 부부가 한마음으로 집을 짓고 있는 모습을 올려다보니 벽에 붙는 흙보다 바닥에 떨어지는 흙이 훨씬 많았다. 그렇지만 아랑곳하지 않고 지푸라기를 열심히 물어다 집을 짓고 있는 모습에 숙연해졌다. 한 갓 미물도 저렇게 애쓰며 살고 있구나!

남편은 제비가 새끼를 낳으면 바닥이 지저분해지겠다며 제비집을 부숴야겠다고 했다. 난 그러면 안 된다고 말렸다. 엄마가 했던 말이 생각나서였다. "내 집에 사람이든 짐승이든 들어오면 잘 거두어줘야 해. 그래야 자식이 복을 받지." 생명이 있는 것은 함부로 대하지 않았던 엄마의 영향일까 아니면 버지니아 울프가 《어느 작가의 일기》에서 "내 나이가 되면 인생의 모든 것이 아름답다. 내 말은, 훗날이 별로 남아 있지 않다는 생각이 드니까."라고 했던 것처럼 나이가 들어서일까. 어느 날부터인가 살아 있는 것들은 다 꽃으로 보이기 시작했다.

1층으로 이사 온 지 얼마 안 되었을 때, 발코니에 길고양이 한 마리가 들어왔다. 갈대 울타리 빈틈을 뚫고 들어온 것이었다. 간식을 주려고 했지만 가까이 오지 않았다. 며칠 지나자 경계를 풀고 다가왔는데 가만 보니 목에 방울이 달려 있었다. 고양이 목에 방울이? 야생에서 먹이를 구하는 건 원천 차단된 운명의 고양이였다. 아마 집고양이가 집을 나온 것 같았다. 참치 츄르 간식을 주면서 목을 꽉 조이고 있던 방울을 풀어줬다. 고양이는 이제 살았다는 듯 목을 좌우로 흔들어보더니 담을 훌쩍 넘어 밖으로 나갔다.

며칠 뒤 사자 얼굴을 한 고양이 한 마리와 다리를 저는 새끼 고양이를 데리고 나타났다. 아마 우리 집 발코니가 안전한 곳이라는 걸 알아채고 다른 고양이를 데리고 온 것 같았다. 그날 이후 발코니에는 고양이 세 마리가 살게 되었다. 방울을 달고 왔던 고양이는 나무처럼 튼튼해서 '나무', 사자 얼굴을 닮은 고양이는 노르웨이 숲 종의 고양이라 '숲', 다리를 다친 새끼 고양이는 작아서 '열매'라고 이름을 지어줬다. 발코니에서 매일 밥도 배불리 먹고 햇볕도 쬐면서 들락날락하는 고양이를 보면 꽃을 보는 것 같다.

산책할 때 만난 망아지도 꽃이었다. 제주로 이사 왔을 때 온 동네에 말 목장이 있다는 게 신기했다. 목장 길을 산책하다 냉장고에 있던 당근을 얇게 잘라서 말에게 갖다 줘 봤다. 말은 관심을 보이지 않았다. 나중에 알고 보니 먹어 보지 않은 건 잘 안 먹는다는 거였다. 목장에서 사료나 풀만 먹어봤을 테니 안 먹는 건 당연했다. 하지만 딱 한 마리가 다가와 당근을 받아먹었다. "와, 너 당근 먹을 줄 아는구나. 오늘부터 네 이름은 당근이야." 당근이는 그렇게 우리에게 왔다.

당근이는 산책할 때마다 "당근아!" 하고 부르면 왔고, 어느 날부턴가는 부르지 않아도 먼저 달려왔다. 아마 이마에 난 상처를 치료해주고 난 다음부터였던 것 같다. 어느 날 당근이에게 갔더니 머리에 상처가 나서 피가 엉겨 붙어 있었다. 목장의 철조망에 찍힌 모양이었다. 피를 살살 닦아주고 마데카솔을 가져다 발라줬더니 며칠 뒤 아물었다. 그 손길을 기억했던 건지 언덕을 올라오는 우리 모습이 보이기 시작하면 내려다보고 있다가 달려왔다. 그게 너무 감격스러워서 매일 당근이를 보러 갔다. 눈 오는 날도, 비가 오는 날도. 어느 날인가는 한밤중에 어떻게 지내는지 궁금해서 가보기도 했다. 2년이 지난 지금, 망아지였던 당근이는 경주마가 되기 위한 훈련을 받고 있다.

집 앞의 동백나무도 내게는 나무가 아니라 꽃이다. 동백이는 칡넝쿨에 꽁꽁 매여 꼼짝달싹 못 하는 아주 작은 나무였다. 얼마나 갑갑할까 싶어 오일장에서 5천 원짜리 낫을 사다 휘감고 있던 칡덩굴을 잘라줬다. 칡덩굴이 어찌나 질기고 복잡하게 얽혀있던지 온 힘을 모아 잘라내야 했다. 아무렇게나 삐쭉삐쭉 자라고 있는 가지도 쳐주고 마른 잎도 따주었더니 동그랗고 예쁜 나무가 되었다. 산책하러 나갈 때마다 "우리 동백이 참 예쁘네!" 하며 말도 걸어주고 눈도 맞춰줬다. 동백이도 알았다는 듯이 살랑살랑 가지를 흔들어 화답해 주었다. 어젯밤에는 집 앞을 산책하는데 고양이 '숲'이 나를 알아보고 할금할금 따라오더니 뒤이어 '나무'와 '열매'도 따라왔다. 강아지도 아닌 고양이 세 마리를 데리고 밤 산책을 하다니, 흐뭇해서 자꾸 미소가 지어졌다.

난 사람들을 만나면 꼭 자랑하곤 한다. 밖에는 당근이와 동백이, 발코니에는 길고양이 세 마리, 천장에 제비 가족까지 살고 있어서 행복하다고. 그러면 사람들은 한결 같이 내가 사랑이 많아서 그런 거라고 했다. 그보다는 글을 쓰면서 주변을 촘촘한 시선으로 바라보는 관찰력과 호기심이 몸에 뱃기 때문 아닐까 싶다. 글을 오래 쓰다 보면 모든 살아있는 것들이 꽃처럼 보이는 것이다. "자세히 보아야 예쁘다. 오래 보아야 사랑스럽다"는 시구처럼. 글쓰기 덕분에 내 주위가 모두 꽃밭이 된 것 같다. 그래서 매일 루이 암스트롱의 'what a wonderful world'라는 노래가 생각난다.

I see trees of green, red roses too
I see them bloom for me and you
And I think to myself
What a wonderful world

초록 나무와 빨간 장미를 보았네
너와 나를 위해 피어나는 모습이여
나는 생각하네
이 얼마나 멋진 세상인가

# 내가 지치지 않고 글을 쓰는 이유

작년에 나의 첫 책 《엄마의 주례사》 개정판이 8년 만에 나왔다. 새 책 내는 것도 힘든 요즘인데 개정판을, 그것도 내가 좋아하는 사진작가의 사진까지 넣어서 만들어준 게 너무 감사했다. 개정판 원고를 매만지면서 첫 책을 쓰던 그 순간으로 돌아가 보니 가장 근원적인 물음이 올라왔다. 나는 왜 글을 쓰는 걸까? 바로 대답할 수 있었다. 내가 되기 위해 쓴다고. 글을 쓰다 보면 내가 무슨 말을 하고 싶은지, 무엇을 생각하고 무엇을 보고 있는지 선명해진다. 그 다음은 어떻게 살아야 하는지가 보이고. 그런 과정이 있었기에 완벽하지는 않지만, 만족스러운 지금의 내가 되었다.

문득 딸이 유치원 다닐 때 내게 물었던 말이 생각난다. 유치원에서 직업에 대해 배웠는지 집에 오자마다 대뜸 물었다.

"엄마는 커서 뭐가 되고 싶어? 난 엄마가 되고 싶은데……."

"엄만, 내가 되고 싶어!"

갑작스러운 아이의 질문에 이렇게 말해 놓고 잠시 생각에 잠겼다. 그래, 그렇지. 난 무의식적으로도 나다운 내가 되고 싶은 거였다. 그런 내게 글은 쓴 만큼 내가 되게 했고, 내가 된 만큼 쓸 수 있었다. 쓰지 않았다면 무엇이 되고 싶은지, 무슨 글을 쓸 수 있는지 잘 몰랐을 텐데 글을 쓰면서 나를 계속 발견해 나갔던 것 같다. 글은 내가 무엇이 되고 싶은지를 드러내는 일이고, 어떻게 살고 싶은지에 대한 탐색이자 결심이기도 했으니까.

글쓰기는 평범했던 내 일상의 균열이었고 혁명이었다. 내가 누구인지 어디로 가야 하는지 무엇을 원하는지도 모른 채 달리기만 했던 나를 그 자리에 돌려세웠다. 달리기만 하던 내가 가만히 앉아 글을 쓰고 있으면 보이지 않던 것들이 보였다. 나를 에워싸고 있던 굳은살 껍질을 하나씩 벗겨내기 시작했다. 고등학생 시절에 신문 담당 선생님으로부터 인정받지 못했다는 자괴감, 작가는 재능이 있는 사람만 할 수 있다고 믿어온 선입견, 문장이 아름다워야 좋은 글이라고 생각해온 착각, 글발이 차오를 때 써야 한다는 편견. 그 틀을 깨자 새로운 세상이 열렸다. 글쓰기는 내게 조용히 다가와 고결하게 나를 바꿔나갔다.

글을 쓰면서 나를 행복하게 하는 건 엄청나게 감동을 주는 일이 아니라는 걸 알았다. 행복이란 일상 속에 의미를 부여하며 나답게 살아가는 것이었다. 내가 가고 싶은 곳, 보고 싶은 사람, 먹고 싶은 걸 먹으면서 사는 소소한 일상. 그렇게 작은 행복이 계속 발견되고 쌓이면 그게 바로 내가 원하는 삶이 되는 거였다. 나의 존재를 명확히 인지하게 되었고, 나의 현재 위치를 알게 되었다. 그러면 무엇을 어떻게 바꿔나가야 하는지도 보였다. 현실을 거부하는 게 아니라 인정하면서 새로운 세계와 조화를 이룰 수 있게 하는 의식이 글쓰기였다.

예전에 난 작가는 특별한 사람만 되는 건 줄 알았다. 신춘문예에 당선되거나 이름 있는 문학지에 추천을 받은 사람만이 될 수 있다고 생각해서 마음을 쉽게 먹지 못했던 것 같다. 지금은 누구나 작가가 되는 시대. 자신에게 맞는 것을 찾아 꾸준히 쓰는 사람이 작가가 된다. 나답게 살기 위해, 사는 것처럼 살고 싶어서 꾸준히 글을 썼더니 비로소 내가 되었다는 게 참 뿌듯하다.

"왜 글을 쓰려고 하나요?"

글쓰기 수업에 오는 수강생들에게 내가 꼭 묻는 말이다. 그 이유를 알고 가야 동기부여도 되고 꾸준히 글을 쓸 수 있기 때문이다. 대부분 비슷한 동기를 가지고 온다. 자신이 누구인지 알고 싶어서, 내 경험과 생각을 명쾌하게 정리해보고 싶어서, 쌓아온 이야기가 많아 글로 털어내고 가벼워지기 위해서, 좀 더 단단한 사람이 되고 싶어서, 우울감과 무력감을 털어내고 싶어서……. 이런 마음을 채워주기 위해 수업 기간 내내 최선을 다하기도 하지만 끝나고 나서도 계속 쓸 수 있게 모임을 만들어 이어가라고 조언한다. 글 쓰는 친구들과 함께하면 글쓰기에 소홀하다가도 모임에서 만나면 자극이 되어 다시 쓰게 되기 때문이다.

글쓰기는 삶에서 우선순위에 두지 않으면 집중하기 힘든 일이라 혼자 쓰면 자칫 포기하기도 쉽다. 이럴 때 같은 생각을 하는 사람끼리 함께 어깨동무하며 가면 그리 힘들지 않다. 같은 방향을 바라보며 가는 사람끼리 힘듦을 같이 공유하다 보면 나만 고민하는 게 아니라는 것에 안도하게 되는 것이다. 그 안도감만으로도 끝까지 갈 힘을 얻는다. 마음만 있으면 언제든지 스마트폰으로 연결된 열린 공간으로 들어가 같은 취향의 사람들을 만나기 쉽고 공감받기도 쉽다. 가끔 나도 수강생들의 모임에 초대되어가면 글 쓰는 이야기나 책 이야기 또는 작가에 관한 이야기를 들을 수 있어서 자극제가 된다.

이제는 홀로 고군분투하는 시대가 아니라 같은 취향의 사람들과 연대하면서 자신을 찾아가는 시대다. 간절함이 있다면 누구나 자신의 삶을 바꿀 수 있고 구원할 수 있다. 혼자 가는 길은 힘들어도 함께 노래 부르면서 가면 쉽듯이 글쓰기도 마찬가지다. 사막 위를 맨발로 걷는 것 같았던 젊은 시절을 보내고 글쓰기로 내가 원하는 삶을 사는 지금, 내가 생각하는 방향으로 삶이 흘러가고 있다는 게 더 바라는 것이 없을 만큼 충만하다. 사람 좋아하는 내가 취향이 같은 사람들과 함께 하는 것이 매일 선물을 받으며 사는 것 같다. 그래서 지치지 않고 글을 쓰게 된다. 제주의 강한 햇빛에 이마와 눈 밑에는 깊은 주름이 생기고 얼굴과 손등에 섬뜩한 검버섯이 생겼지만 괜찮다. 멈추지 않고 글을 쓰면서 눈빛 따뜻한 사람으로 늙어간다면, 늙어가는 것도 그리 나쁘지 않을 것 같다. 글쓰기 힘들어도 다 내가 좋아서 하는 일이고, 나로 살고 있으니 그걸로 충분하다. 브라보!

"재는 다 좋은데, 고집이 너무 세."

시어머님이 내게 가끔 하시던 말이었다. 이 말속에는 약간의 나무람이 들어 있다는 걸 모르진 않았지만, 그냥 좋게 받아들였다. 고집이 센 사람이라는 걸 나도 아니까. 결혼 초에는 어머님이 어떤 말씀을 해도 "예, 예" 했다. 어른의 말씀이라면 무조건 따라야 한다는 생각에서였다. 옳지 않다고 생각돼도 따르다 보니 시간이 갈수록 마음이 불편했다. 그때 이런 생각이 들었다. 어른이라고 해서 무조건 따라야 하는 건 아니다, 내 의견을 정확하게 말씀드리고 옳다고 생각될 땐 끝까지 밀고 가자. 그다음부터는 내 생각을 말씀드린 뒤 동의를 구했다. 이렇게 하면 결과에 상관없이 마음이 편했다. 그렇지만 어머님은 고집대로 밀고 가는 내가 좀 불만이셨던 것 같다.

난 내 고집대로 해야 마음 편한 사람이어서 아니라고 생각하는 것, 원하지 않는 것에는 마음이 움직이지 않는다. 내가 옳다고 생각하는 건 끝까지 굽히지 않고, 누가 어떤 말을 하면 참고는 해도 결정은 내 생각대로 한다. 그래야 후회가 없다는 걸 너무 잘 아니까. 그런 내가 글쓰기를 배울 때는 예외였다. 모범생 기질은 나이가 들어서도 변하지 않아서 선생님의 피드백을 너무 신경 쓰는 거였다. 이렇게 쓰면 선생님이 지적하시겠지, 이렇게 쓰면 칭찬하시겠지 하면서 자꾸 선생님이 좋아할 것 같은 글을 썼다. 나다운 글을 쓰지 못한다는 생각에 점점 마음이 공허해졌다. 종강하고 나자 내가 써 놓고 기분 좋은 글, 나에게 맞는 글이 과연 어떤 것인지를 찾아보기로 했다.

여행과 에세이를 좋아하니까 여행 작가가 되고 싶어 여행 작가학교에 갔다. 3개월 강좌에 40명 선착순 모집. 온라인으로 5분 안에 접수해야만 갈 수 있을 만큼 인기인 프로그램이었다. 번개 같은 순발력을 발휘해 마감 직전에 접수해서 수업에 참여할 수 있었다. 여행 에세이는 물론, 사진 찍기, 답사 여행 가기 등 프로그램은 좋았으나 DSLR 카메라를 다루는 건 고역이었다. 간단한 가전제품조차 조작하는 걸 어려워하는 기계치여서 사진 찍는 것에 별 흥미를 느끼지 못했다. 카메라와 사진 찍는 걸 싫어하는 여행 작가라니, 이건 아니다 싶어 포기했다.

다시 찾아간 곳은 서울시민대학 에세이 쓰기 수업이었다. 매주 글 한 편을 써서 메일로 보내라는 과제를 내주셨다. 과제를 제출하고 수업에 갔는데 시작하자마자 교수님이 내 이름을 불렀다.

"김재용 선생님! 누구신지 손들어보세요."

깜짝 놀라 손을 들었더니 수업 끝나고 사무실로 오라고 하셨다. 그날을 계기로 '진흙 인형'이라는 글을 써서 에세이스트로 등단하게 되었다. 비로소 내게 맞는 나다운 글, 내가 쓰고 싶었던 글을 쓰기 시작한 것이었다. 무엇이든 시작만 하고 끝까지 해내는 끈기가 부족하다고 생각했는데 아니었다. '나다움'을 찾지 못한 거였다. '나다움'을 찾고부터 내가 훨씬 능력 있는 사람이라는 것을, 능력이란 자신이 가진 것을 얼마나 잘 꺼냈느냐에 달린 것이란 걸 알게 되었다.

글의 사전적 의미는 '생각이나 일의 내용 따위를 글자로 나타낸 기록'이지만 어원은 동사 '긁다'에서 파생되었다는 설이 있다. 종이에 긁어 새긴다는 의미겠지만 난 마음속에 있는 것들을 긁어낸다는 의미가 아닐까 싶다. 내 안에 무엇이 있는지는 다른 사람이 아닌 내가 긁어내지 않으면 안 되는 것. 글쓰기는 내가 어떤 사람인지, 어떨 때 행복한지, 어떤 글을 잘 쓸 수 있는지 탐색하면서 '나다움'을 찾아가는 시간이다. 그래서 난 수강생들이 쓴 글을 피드백할 때마다 강조하곤 한다. 내가 말하는 게 정답은 아니다, 조언일 뿐이니 내 말을 전적으로 따르지 않아도 된다고. 글쓰기에 문법이나 맞춤법을 잘못 쓴 오답은 있어도 글 내용에는 정답은 없으니까 취할 것만 취하라고 말해준다. '나다움'은 결국 혼자 깨칠 수밖에 없는, 진짜 어른이 되는 인생의 관문이다. 그래서 더 어렵다.

《행복의 정복》을 쓴 버틀란트 러셀은 자신이 행복한 비결은 가장 갈망하는 것이 무엇인지 알아서 손에 넣었고, 이룰 수 없는 것들에 대해서는 깨끗하게 단념했기 때문이라고 했다. 행복해지려면 내가 원하는 것이 무엇인지, 무엇을 하고 싶지 않은지 명확하게 정해야 한다. 글을 쓰면서 지금 내가 할 수 있는 것과 할 수 없는 것이 무엇인지 탐구한다면 분명 행복해질 수 있을 것이다. 부처님이 제자들에게 마지막으로 한 말 중에 '자득명 법득명(自燈明法燈明)'이라는 말이 있다. '자기 자신을 등불로 삼아 자신을 의지하고, 진리를 등불로 삼아 진리를 의지하라'라는 말이다. 이 말을 글쓰기로 풀면 자신을 등불로 삼아 글을 쓰고, 독자를 등불로 삼아 독자를 생각하며 글을 쓰라는 말로 바꿔 쓸 수 있을 것 같다.

'나다움'에 꼭 필요한 '고집.' 좋지 않은 의미로 쓰일 때가 많지만 글쓰기에서는 꼭 필요하다. 사전에도 '마음속에 남아 있는 최초의 심상이 재생되는 일'이라고도 쓰여 있다. 모든 학습이 그렇지만 특히 글쓰기는 자기 고집이 없으면 나다운 글을 쓸 수 없다. 모든 글쓰기의 출발점은 나, 나를 믿고 계속 쓰면서 스스로 길을 내며 가야 한다. 사람은 저마다 다른 지문이 있듯이 고유한 무늬를 비밀스럽게 간직하고 있다. 글쓰기를 통해 자신의 몸 속에 있는 것들을 찾아내야 한다.

글을 쓴다는 것은 '나다움'을 찾아가는 술래의 시간. 술래잡기하며 놀던 어릴 때처럼 쓰기를 즐기면서 꼭꼭 숨어 있는 자신을 찾길, 그리하여 더 충만한 삶을 살아가라고 말해주고 싶다. 글 쓰는 환경 속으로 나를 밀어붙이고 매일매일 써나가기. 이것 외에는 쓰기의 정석이란 없다. 백번 생각하는 것보다 한 번 써보는 게 좋고, 한 번 쓰기 시작했다면 계속 차분히 쓰기만 하면 끝! 난 지금도 글을 쓸 때마다 내게 말해준다. 글을 쓰는 건 매번 어렵지만 쓴 만큼 나다워지는 거라고. 그러니 힘을 내서 써보자고!

## 에필로그

# 착한 일 하며 살고 싶다

제주 중산간인 우리 마을은 고요하다. 길을 가는 사람도 별로 없고 개를 끌고 산책하는 사람이 띄엄띄엄 있을 뿐이다. 가끔 적막을 깨고 "까악까악", "뻐꾹뻐꾹", "히이잉!" 까치와 뻐꾸기, 말 우는 소리만 들린다. 바람 부는 날이면 목장을 둘러싼 삼나무가 파도 소리를 내고, 비 오는 날에는 발코니 지붕에 내리는 빗소리가 음악 소리처럼 정답다. 수시로 올려다보는 한라산은 웅장함과 푸르름에 절로 마음이 여유로워지는 것 같다.

제주로 이주하면서 가장 원했던 건 자연 친화적으로 사는 거였다. 다행히 우리 마을은 내가 원하던 것들을 마음껏 누릴 수 있는 자연환경이다. 식물 채집하며 놀았던 어린 시절처럼 한라산이 키운 고사리며 산딸기, 도토리를 채집하며 사는 생활이 더없이 만족스럽다. 사계절 다 초록을 볼 수 있어서 초록이 다 같은게 아니라 수십 개가 있다는 걸 알았다. 아침 초록, 햇살 초록, 어둠 초록, 비 초록, 안개 초록…….

내가 살고 싶은 곳에서 인생 2막을 살다 보니 인생이란 동그라미 궤적을 그리는 거구나 싶다. 어렸을 때는 철부지 그대로의 나로 살다가, 결혼하고 난 뒤에는 내가 누구인지도 모른 채 역할에만 충실했고, 다시 자아를 찾아 어릴 때의 나로 돌아온 걸 보면 말이다. 밖으로 향해 있던 시선이 동그라미 안으로 들어와 곁에 있는 사람들 그리고 집 주변의 풍경에 머문다. 인생은 애쓴 만큼 받는 것이어서 애쓰며 살았지만, 이제는 애쓰지 않아도 되는 상태로 사는 게 좋다. 이 모든 것이 글쓰기가 내 곁에 있어서 누리는 호사다.

얼마 전 블로그 아이디를 '나무'에서 '작가 김재용'으로 바꿨다. 책을 몇 권 냈어도 스스로 작가라고 하기에 민망했는데 이제 쓰기 책을 썼으니 작가라는 호칭을 써도 되겠다는 생각에서였다. 고 박완서 선생님이 "작가로 산다는 것은 작은 배를 타고 풍파가 밀려오는 바다로 나아가는 일 같다."라고 하셨다. 나는 기꺼이 풍파를 맞이할 만반의 준비가 되어있다. 더 낮은 자세로 나를 점검하고 갱신하면서 앞으로 나아가야 하리라.

쓰기 책을 쓴다는 것이 그만, 내 글쓰기의 역사를 쓴 것 같다. 내 삶을 다시 돌아보게 해준 이정하 대표님과 이 책을 더 빛나게 해준 글 수다 수강생 그리고 나의 매니저인 남편에게 감사드린다. 내 삶이 이토록 찬란한 건 나의 능력이 아니라 행운과 우연 그리고 여러분이 보내준 응원 덕분이다. 그래서 매일 아침 눈뜰 때마다 착한 일 하며 살자고 마음먹는다. 한라산을 바라보며 '한계령'이라는 노랫말을 수시로 떠올리면서.

저 산은 내게 우지마라 우지마라 하고
발 아래 젖은 계곡 첩첩산중

저 산은 내게 잊으라 잊어버리라 하고
내 가슴을 쓸어내리네

아, 그러나 한줄기 바람처럼 살다가고파
이 산 저 산 눈물 구름 몰고 다니는
떠도는 바람처럼

저 산은 내게 내려가라 내려가라 하네
지친 내 어깨를 떠미네

**내가 좋아하는 것들, 쓰기**

초판 1쇄 발행 | 2023년 8월 31일

지은이 김재용
펴낸이 이정하
디자인 jejusoboro

펴낸곳 스토리닷
주소 서울시 서초구 방배동 934-3 203호
전화 010-8936-6618
팩스 0505-116-6618
ISBN 979-11-88613-35-9 (03810)

홈페이지 http://blog.naver.com/storydot
인스타그램 @storydot
전자우편 storydot@naver.com
출판등록 2013. 09. 12 제2013-000162



스토리닷은 독자 여러분과 함께합니다.
책에 대한 의견이나 출간에 관심 있으신 분은 언제라도 연락주세요. 반갑게 맞이하겠습니다.